老舍精选集

民国文学名家精选集

齊魯書社

老舍

1923年，青年老舍赠送给友人的肖像照

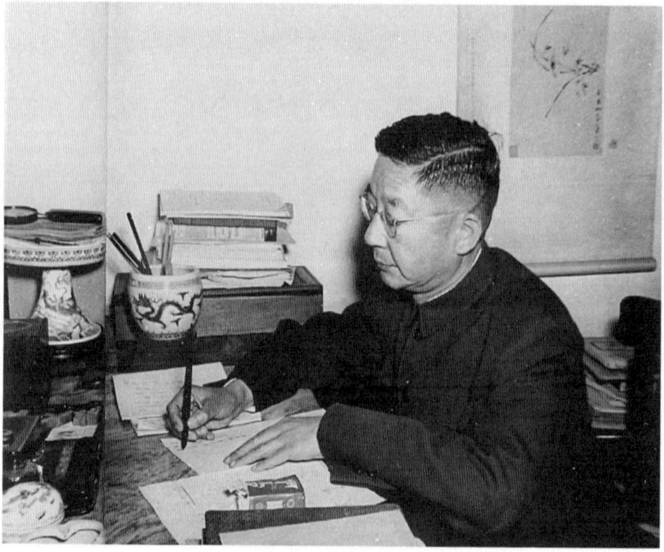

1957年，写作中的老舍先生

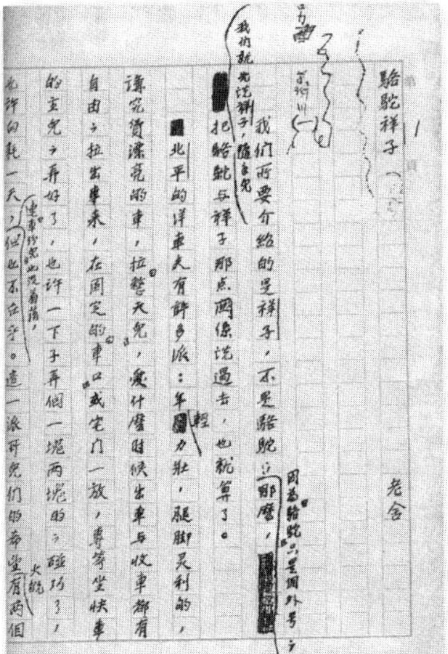
駱駝祥子　老舍

我们所要介紹的是祥子，不是駱駝，因為駱駝只是個外號；那麼，[redacted]我们就先说祥子，隨手兒
[redacted]把駱駝与祥子那点關係说過去，也就算了。

[redacted]北平的洋車夫有許多派：年輕[redacted]力壯，腿脚灵利的，講究賃漂亮的車，拉整天兒，愛什麼時候出車与收車都有自由；拉出車來，在固定的車口或宅门一放，専等坐快車的主兒；弄好了，也許一下子弄個一塊兩塊的；碰巧了，也許白耗一天，連"車份兒"也沒着落，但也不在乎。這一派哥兒们的希望大概有兩個

《骆驼祥子》手迹

目 录

辑一　小说

辑二　散文

辑三　文论

辑四　书信

辑一 小说

1936年，老舍在青岛

断魂枪

“生命是闹着玩，事事显出如此；从前我这么想过，现在我懂了”

沙子龙的镖局已改成客栈。

东方的大梦没法子不醒了。炮声压下去马来与印度野林中的虎啸。半醒的人们，揉着眼，祷告着祖先与神灵；不大会儿，失去了国土、自由与主权。门外立着不同面色的人，枪口还热着。他们的长矛毒弩，花蛇斑彩的厚盾，都有什么用呢；连祖先与祖先所信的神明全不灵了啊！龙旗的中国也不再神秘，有了火车呀，穿坟过墓破坏着风水。枣红色多穗的镖旗，绿鲨皮鞘的钢刀，响着串铃的口马（指张家口外的马匹），江湖上的智慧与黑话，义气与声名，连沙子龙，他的武艺、事业，都梦似的变成昨夜的。今天是火车、快枪，通商与恐怖。听说，有人还要杀下皇帝的头呢！

这是走镖已没有饭吃，而国术还没被革命党与教育家提倡起来的时候。

谁不晓得沙子龙是短瘦、利落、硬棒，两眼明得像霜夜的大星？可是，现在他身上放了肉。镖局改了客栈，他自己在后小院占着三间北房，大枪立在墙角，院子里有几只楼鸽。只是在夜间，他把小院的门关好，熟习熟习他的“五虎断魂枪”。这条枪与这套枪，二十年的工夫，在西北一带，给他创出来：“神枪沙子龙”五个字，没遇见过敌手。现在，这条枪与这套枪不会再替他增光显胜了；只是摸摸这凉、滑、硬而发颤的杆子，使他心中少难过一些而已。只有在夜间独自拿起枪来，才能相信自己还是“神枪沙”。在白天，他不大谈武艺与往事；他的世界已被狂风吹了走。

在他手下创练起来的少年们还时常来找他。他们大多数是没落子的，都有点武艺，可是没地方去用。有的在庙会上去卖艺：踢两趟腿，练套家伙，翻几个跟头，附带着卖点大力丸，混个三吊两吊的。有的实在闲不起了，去弄筐果子，或挑些毛豆角，赶早儿在街上论斤吆喝出去。那时候，米贱肉贱，肯卖膀子力气本来可以混个肚儿圆；他们可是不成：肚量既大，而且得吃口当事儿的（当事儿的：有营养，吃了不至于不久又饿的）；干饽饽辣饼子（辣饼子：剩下的隔夜干粮）咽不下去。况且他们还时常去走会：五虎棍，开路，太狮少狮……虽然算不了什么——比起走镖来——可是到底有个机会活动活动，露露脸。是的，走会捧场是买脸的事，他们打扮的得像个样儿，至少得有条青洋绉裤子，新漂白细市布的小褂，和一双鱼鳞洒鞋——顶好是青缎子抓地虎靴子。他们是神枪沙子龙的徒弟——虽然沙子龙并不承认——得到处露脸，走会得赔上俩钱，说不定还得打场架。没钱，上沙老师那里去求。沙老师不含糊，多少不拘，不让他们空着手儿走。可是，为打架或献技去讨教一个招数，或是请给说个“对子”——什么空手夺刀，或虎头钩进枪——沙老师有时说句笑话，马虎过去：“教什么？拿开水浇吧！”有时直接把他们逐出去。他们不大明白沙老师是怎么了，心中也有点不乐意。

可是，他们到处为沙老师吹腾，一来是愿意使人知道他们的武艺有真传授，受过高人的指教；二来是为激动沙老师：万一有人不服气而找上老师来，老师难道还不露一两手真的吗？所以：沙老师一拳就砸倒了个牛！沙老师一脚把人踢到房上去，并没使多大的劲！他们谁也没见过这种事，但是说着说着，他们相信这是真的了，有年月，有地方，千真万确，敢起誓！

王三胜——沙子龙的大伙计——在土地庙拉开了场子，摆好了家伙。抹了一鼻子茶叶末色的鼻烟，他抡了几下竹节钢鞭，把场子打大一些。放下鞭，没向四围作揖，叉着腰念了两句：“脚踢天下好汉，拳打五路英雄！”向四围扫了一眼：“乡亲们，王三胜不是卖艺的；玩艺儿会几套，西北路上走过镖，会过绿林上的朋友。现在闲着没事，拉个场子陪诸位玩玩。有爱练的尽管下来，王三胜以武会友，有赏脸的，我陪着。神枪沙子龙是我的师傅；玩艺地道！诸位，有愿下来的没有？”他看着，准知道没人敢下来，他的话硬，可是那条钢鞭更硬，十八斤重。

王三胜，大个子，一脸横肉，努着对大黑眼珠，看着四围。大家不出声。他脱了小褂，紧了紧深月白色的“腰里硬”，把肚子杀进去。给手心一口唾沫，抄起大刀来：

“诸位，王三胜先练趟瞧瞧。不白练，练完了，带着的扔几个；没钱，给喊个好，助助威。这儿没生意口。好，上眼（请观众注意看）！”

大刀靠了身，眼珠努出多高，脸上绷紧，胸脯子鼓出像两块老桦木根子。一跺脚，刀横起，大红缨子在肩前摆动。削砍劈拨，蹲越闪转，手起风生，忽忽直响。忽然刀在右手心上旋转，身弯下去，四围鸦雀无声，只有缨铃轻叫。刀顺过来，猛的一个“跺泥”，身子直挺，比众人高着一头，黑塔似的，收了势：“诸位！”一手持刀，一手叉腰，看着四围。稀稀的扔下几个铜钱，他点点头。“诸位！”他等着，等着，地上依旧是那几个亮而削薄的铜钱，外层的人偷偷散去。他咽了口气：“没人懂！”他低声的说，可是大家全听见了。

"有功夫！"西北角上一个黄胡子老头儿答了话。

"啊？"王三胜好似没听明白。

"我说：你——有——功——夫！"老头子的语气很不得人心。

放下大刀，王三胜随着大家的头往西北看。谁也没看重这个老人：小干巴个儿，披着件粗蓝布大衫，脸上窝窝瘪瘪，眼陷进去很深，嘴上几根细黄胡，肩上扛着条小黄草辫子，有筷子那么细，而绝对不像筷子那么直顺。王三胜可是看出这老家伙有功夫，脑门亮，眼睛亮——眼眶虽深，眼珠可黑得像两口小井，深深的闪着黑光。王三胜不怕：他看得出别人有功夫没有，可更相信自己的本事，他是沙子龙手下的大将。

"下来玩玩，大叔！"王三胜说得很得体。

点点头，老头儿往里走。这一走，四外全笑了。他的胳臂不大动；左脚往前迈，右脚随着拉上来，一步步的往前拉扯，身子整着（两臂不动，身体僵硬地走路），像是患过瘫痪病。蹭到场中，把大衫扔在地上，一点没理会四围怎样笑他。

"神枪沙子龙的徒弟，你说？好，让你使枪吧；我呢？"老头子非常的干脆，很像久想动手。

人们全回来了，邻场耍狗熊的无论怎敲锣也不中用了。

“三截棍进枪吧？”王三胜要看老头子一手，三截棍不是随便就拿得起来的家伙。

老头子又点点头，拾起家伙来。

王三胜努着眼，抖着枪，脸上十分难看。

老头子的黑眼珠更深更小了，像两个香火头，随着面前的枪尖儿转，王三胜忽然觉得不舒服，那俩黑眼珠似乎要把枪尖吸进去！四外已围得风雨不透，大家都觉出老头子确是有威。为躲那对眼睛，王三胜耍了个枪花。老头子的黄胡子一动：“请！”王三胜一扣枪，向前躬步，枪尖奔了老头子的喉头去，枪缨打了一个红旋。老人的身子忽然活展了，将身微偏，让过枪尖，前把一挂，后把撩王三胜的手。拍，拍，两响，王三胜的枪撒了手。场外叫了好。王三胜连脸带胸口全紫了，抄起枪来；一个花子，连枪带人滚了过来，枪尖奔了老人的中部。老头子的眼亮得发着黑光；腿轻轻一屈，下把掩裆，上把打着刚要抽回的枪杆；拍，枪又落在地上。

场外又是一片彩声。王三胜流了汗，不再去拾枪，努着眼，木在那里。老头子扔下家伙，拾起大衫，还是拉拉着腿，可是走得很快了。大衫搭在臂上，他过来拍了王三胜一下：“还得练哪，伙计！”

“别走！”王三胜擦着汗：“你不离，姓王的服了！可有一样，你敢会会沙老师？”

“就是为会他才来的！”老头子的干巴脸上皱起点来，似乎是笑呢。“走；收了吧；晚饭我请！”

王三胜把兵器拢在一处，寄放在变戏法二麻子那里，陪着老头子往庙外走。后面跟着不少人，他把他们骂散。

“你老贵姓？”他问。

“姓孙哪，”老头子的话与人一样，都那么干巴。“爱练；久想会会沙子龙”。

沙子龙不把你打扁了！王三胜心里说。他脚底下加了劲，可是没把孙老头落下。他看出来，老头子的腿是老走着查拳门中的连跳步；交起手来，必定很快。但是，无论他怎么快，沙子龙是没对手的。准知道孙老头要吃亏，他心中痛快了些，放慢了些脚步。

“孙大叔贵处？”

“河间的，小地方。”孙老者也和气了些：“月棍年刀一辈子枪，不容易见功夫！说真的，你那两手就不坏！”

王三胜头上的汗又回来了，没言语。

到了客栈，他心中直跳，唯恐沙老师不在家，他急于报仇。他知道老师不爱管这种事，师弟们已碰过不少回钉子，可是他相信这回必定行，他是大伙计，不比那些毛孩子；再说，人家在庙会上点名叫阵，沙老师还能丢这个脸么?

“三胜,”沙子龙正在床上看着本《封神榜》,“有事吗?”

三胜的脸又紫了，嘴唇动着，说不出话来。

沙子龙坐起来,“怎了，三胜?”

“栽了跟头!”

只打了个不甚长的哈欠，沙老师没别的表示。

王三胜心中不平，但是不敢发作；他得激动老师：“姓孙的一个老头儿，门外等着老师呢；把我的枪，枪，打掉了两次!”他知道“枪”字在老师心中有多大分量。没等吩咐，他慌忙跑出去。

客人进来，沙子龙在外间屋等着呢。彼此拱手坐下，他叫三胜去泡茶。三胜希望两个老人立刻交了手，可是不能不沏茶去。孙老者没话讲，用深藏着的眼睛打量沙子龙。沙很客气：

“要是三胜得罪了你，不用理他，年纪还轻。”

孙老者有些失望，可也看出沙子龙的精明。他不知怎样好了，不能拿一个人的精明断定他的武艺。“我来领教领教枪法!”他不由地说出来。

沙子龙没接碴儿。王三胜提着茶壶走进来——急于看二人动手，他没管水开了没有，就沏在壶中。

“三胜，”沙子龙拿起个茶碗来，“去找小顺们去，天汇见，陪孙老者吃饭。”

“什么！”，王三胜的眼珠几乎掉出来。看了看沙老师的脸，他敢怒而不敢言地说了声“是啦！”走出去，撅着大嘴。

“教徒弟不易！”孙老者说。

“我没收过徒弟。走吧，这个水不开！茶馆去喝，喝饿了就吃。”沙予龙从桌子上拿起青缎子褡裢，一头装着鼻烟壶，一头装着点钱，挂在腰带上。

“不，我还不饿！”孙老者很坚决，两个“不”字把小辫从肩上抡到后边去。

“说会子话儿。”

“我来为领教领教枪法。”

“功夫早搁下了，”沙子龙指着身上，“已经放了肉！”

“这么办也行，”孙老者深深的看了沙老师一眼：“不比武，教给我那趟五虎断魂枪。”

“五虎断魂枪？”沙子龙笑了：“早忘干净了！早忘干净了！告诉你，在我这儿住几天，咱们各处逛逛，临走，多少送点盘缠。”

“我不逛，也用不着钱，我来学艺！”孙老者立起来，“我练趟给你看看，看够得上学艺不够！”一屈腰已到了院中，把楼鸽都吓飞起去。拉开架子，他打了趟查拳：腿快，手飘洒，一个飞脚起去，小辫儿飘在空中，像从天上落下来一个风筝；快之中，每个架子都摆得稳、准，利落；来回六趟，把院子满都打到，走得圆，接得紧，身子在一处，而精神贯串到四面八方。抱拳收势，身儿缩紧，好似满院乱飞的燕子忽然归了巢。

“好！好！”沙子龙在台阶上点着头喊。

“教给我那趟枪！”孙老者抱了抱拳。

沙子龙下了台阶，也抱着拳：“孙老者，说真的吧；那条枪和那套枪都跟我入棺材，一齐入棺材！”

“不传？”

“不传！”

孙老者的胡子嘴动了半天，没说出什么来。到屋里抄起蓝布大衫，拉拉着腿：“打搅了，再会！”

“吃过饭走！”沙子龙说。

孙老者没言语。

沙子龙把客人送到小门，然后回到屋中，对着墙角立着的大枪点了点头。

他独自上了天汇，怕是王三胜们在那里等着。他们都没有去。

王三胜和小顺们都不敢再到土地庙去卖艺，大家谁也不再为沙子龙吹腾；反之，他们说沙子龙栽了跟头，不敢和个老头儿动手；那个老头子一脚能踢死个牛。不要说王三胜输给他，沙子龙也不是“个儿”。不过呢，王三胜到底和老头子见了个高低，而沙子龙连句硬话也没敢说。“神枪沙子龙”慢慢似乎被人们忘了。

夜静人稀，沙子龙关好了小门，一气把六十四枪刺下来；而后，拄着枪，望着天上的群星，想起当年在野店荒林的威风。叹一口气，用手指慢慢摸着凉滑的枪身，又微微一笑：“不传！不传！”

原载1935年9月22日天津《大公报·文艺》第13期。

月牙儿

一

是的，我又看见月牙儿了，带着点寒气的一钩儿浅金。多少次了，我看见跟现在这个月牙儿一样的月牙儿；多少次了。它带着种种不同的感情，种种不同的景物，当我坐定了看它，它一次一次的在我记忆中的碧云上斜挂着。它唤醒了我的记忆，像一阵晚风吹破一朵欲睡的花。

二

那第一次，带着寒气的月牙儿确是带着寒气。它第一次在我的云中是酸苦，它那一点点微弱的浅金光儿照着我的泪。那时候我也不过是七岁吧，一个穿着短红棉袄的小姑娘。戴着妈妈给我缝的一顶小帽儿，蓝布的，上面印着小小的花，我记得。我倚着那间小屋的门垛，看着月牙儿。屋里是药味，烟味，妈妈的眼泪，爸爸的病；我独自在台阶上看着月牙，没人招呼我，没人顾得给我作晚饭。我晓得屋里的惨凄，因为大家说爸爸的病……可是我更感觉自己的悲惨，我冷，饿，没人理我。一直的我立到月牙儿落下去。什么也没有了，我不能不哭。可是我的哭声被妈妈的压下去；爸，不出声了，面上蒙了块白布。我要掀开白布，再看看爸，可是我不敢。屋里只是那么点点地方，都被爸占了去。妈妈穿上白衣，我的红袄上也罩了个没缝襟边的白袍，我记得，因为不断地撕扯襟边上的白丝儿。大家都很忙，嚷嚷的声儿很高，哭得很恸，可是事情并不多，也似乎值不得嚷：爸爸就装入那么一个四块薄板的棺材里，到处都是缝子。然后，五六个人把他抬了走。妈和我在后边哭。我记得爸，记得爸的木匣。那个木匣结束了爸的一切：每逢我想起爸来，我就想到非打开那个木匣不能见着他。但是，那木匣是深深地埋在地里，我明知在城外哪个地方埋着它，可又像落在地上的一个雨点，似乎永难找到。

三

妈和我还穿着白袍，我又看见了月牙儿。那是个冷天，妈妈带我出城去看爸的坟。妈拿着很薄很薄的一摞儿纸。妈那天对我特别的好，我走不动便背我一程，到城门上还给我买了一些炒栗子。什么都是凉的，只有这些栗子是热的；我舍不得吃，用它们热我的手。走了多远，我记不清了，总该是很远很远吧。在爸出殡的那天，我似乎没觉得这么远，或者是因为那天人多；这次只是我们娘儿俩，妈不说话，我也懒得出声，什么都是静寂的；那些黄土路静寂得没有头儿。天是短的，我记得那个坟：小小的一堆儿土，远处有一些高土岗儿，太阳在黄土岗儿上头斜着。妈妈似乎顾不得我了，把我放在一旁，抱着坟头儿去哭。我坐在坟头的旁边，弄着手里那几个栗子。妈哭了一阵，把那点纸焚化了，一些纸灰在我眼前卷成一两个旋儿，而后懒懒地落在地上；风很小，可是很够冷的。妈妈又哭起来。我也想爸，可是我不想哭他；我倒是为妈妈哭得可怜而也落了泪。过去拉住妈妈的手："妈不哭！不哭！"妈妈哭得更恸了。她把我搂在怀里。眼看太阳就落下去，四外没有一个人，只有我们娘儿俩。妈似乎也有点怕了，含着泪，扯起我就走，走出老远，她回头看了看，我也转过身去：爸的坟已经辨不清了；土岗的这边都是坟头，一小堆一小堆，一直摆到土岗底下。妈妈叹了口气。我们紧走慢走，还没有走到城门，我看见了月牙儿。四外漆黑，没有声音，只有月牙儿放出一道儿冷光。我乏了，妈妈抱起我来。怎样进的城，我就不知道了，只记得迷迷糊糊的天上有个月牙儿。

四

刚八岁，我已经学会了去当东西。我知道，若是当不来钱，我们娘儿俩就不要吃晚饭；因为妈妈但分有点主意，也不肯叫我去。我准知道她每逢交给我个小包，锅里必是连一点粥底儿也看不见了。我们的锅有时干净得像个体面的寡妇。这一天，我拿的是一面镜子。只有这件东西似乎是不必要的，虽然妈妈天天得用它。这是个春天，我们的棉衣都刚脱下来就入了当铺。我拿着这面镜子，我知道怎样小心，小心而且要走得快，当铺是老早就上门的。我怕当铺的那个大红门，那个大高长柜台。一看见那个门，我就心跳。可是我必须进去，似乎是爬进去，那个高门坎儿是那么高。我得用尽了力量，递上我的东西，还得喊："当当！"得了钱和当票，我知道怎样小心的拿着，快快回家，晓得妈妈不放心。可是这一次，当铺不要这面镜子，告诉我再添一号来。我懂得什么叫"一号"。把镜子搂在胸前，我拼命的往家跑。妈妈哭了；她找不到第二件东西。我在那间小屋住惯了，总以为东西不少；及至帮着妈妈一找可当的衣物，我的小心里才明白过来，我们的东西很少，很少。妈妈不叫我去了。可是"妈妈咱们吃什么呢？"妈妈哭着递给我她头上的银簪——只有这一件东西是银的。我知道，她拔下过来几回，都没肯交给我去当。这是妈妈出门子时，姥姥家给的一件首饰。现在，她把这末一件银器给了我，叫我把镜子放下。我尽了我的力量赶回当铺，那可怕的大门已经严严地关好了。我坐在那门墩上，握着那根银簪。不敢高声地哭，我看着天，啊，又是月牙儿照着我的眼泪！哭了好久，妈妈在黑影中来了，她拉住了我的手，呕，多么热的手。我忘了一切的苦处，连饿也忘了，只要有妈妈这只热手拉着我就好。我抽抽搭搭地说："妈！咱们回家睡觉吧。明儿早上再来！"妈一声没出。又走了一会儿："妈！你看这个月牙；爸死的那天，它就是这么斜斜着。为什么它老这么斜斜着呢？"妈还是一声没出，她的手有点颤。

五

妈妈整天地给人家洗衣裳。我老想帮助妈妈，可是插不上手。我只好等着妈妈，非到她完了事，我不去睡。有时月牙儿已经上来，她还哼哧哼哧地洗。那些臭袜子，硬牛皮似的，都是买卖地的伙计们送来的。妈妈洗完这些"牛皮"就吃不下饭去。我坐在她旁边，看着月牙，蝙蝠专会在那条光儿底下穿过来穿过去，像银线上穿着个大菱角，极快的又掉到暗处去。我越可怜妈妈，便越爱这个月牙，因为看着它，使我心中痛快一点。它在夏天更可爱，它老有那么点凉气，像一条冰似的。我爱它给地上的那点小影子，一会儿就没了；迷迷糊糊的不甚清楚，及至影子没了，地上就特别的黑，星也特别的亮，花也特别的香——我们的邻居有许多花木，那棵高高的洋槐总把花儿落到我们这边来，像一层雪似的。

六

妈妈的手起了层鳞，叫她给搓搓背顶解痒痒了。可是我不敢常劳动她，她的手是洗粗了的。她瘦，被臭袜子熏的常不吃饭。我知道妈妈要想主意了，我知道。她常把衣裳推到一边，楞着。她和自己说话。她想什么主意呢？我可是猜不着。

七

妈妈嘱咐我不叫我别扭，要乖乖地叫“爸”：她又给我找到一个爸。这是另一个爸，我知道，因为坟里已经埋好一个爸了。妈嘱咐我的时候，眼睛看着别处。她含着泪说：“不能叫你饿死！”呕，是因为不饿死我，妈才另给我找了个爸！我不明白多少事，我有点怕，又有点希望——果然不再挨饿的话。多么凑巧呢，离开我们那间小屋的时候，天上又挂着月牙。这次的月牙比哪一回都清楚，都可怕；我是要离开这住惯了的小屋了。妈坐了一乘红轿，前面还有几个鼓手，吹打得一点也不好听。轿在前边走，我和一个男人在后边跟着，他拉着我的手。那可怕的月牙放着一点光，仿佛在凉风里颤动。街上没有什么人，只有些野狗追着鼓手们咬；轿子走得很快。上哪去呢？是不是把妈抬到城外去，抬到坟地去？那个男人扯着我走，我喘不过气来，要哭都哭不出来。那男人的手心出了汗，凉得像个鱼似的，我要喊"妈"，可是不敢。一会儿，月牙像个要闭上的一道大眼缝，轿子进了个小巷。

八

我在三四年里似乎没再看见月牙。新爸对我们很好，他有两间屋子，他和妈住在里间，我在外间睡铺板。我起初还想跟妈妈睡，可是几天之后，我反倒爱"我的"小屋了。屋里有白白的墙，还有条长桌，一把椅子。这似乎都是我的。我的被子也比从前的厚实暖和了。妈妈也渐渐胖了点，脸上有了红色，手上的那层鳞也慢慢掉净。我好久没去当当了。新爸叫我去上学。有时候他还跟我玩一会儿。我不知道为什么不爱叫他"爸"，虽然我知道他很可爱。他似乎也知道这个，他常常对我那么一笑；笑的时候他有很好看的眼睛。可是妈妈偷告诉我叫爸，我也不愿十分的别扭。我心中明白，妈和我现在是有吃有喝的，都因为有这个爸，我明白。是的，在这三四年里我想不起曾经看见过月牙儿；也许是看见过而不大记得了。爸死时那个月牙，妈轿子前面那个月牙，我永远忘不了。那一点点光，那一点寒气，老在我心中，比什么都亮，都清凉，像块玉似的，有时候想起来仿佛能用手摸到似的。

九

我很爱上学。我老觉得学校里有不少的花，其实并没有；只是一想起学校就想到花罢了，正像一想起爸的坟就想起城外的月牙儿——在野外的小风里歪歪着。妈妈是很爱花的，虽然买不起，可是有人送给她一朵，她就顶喜欢的戴在头上。我有机会便给她折一两朵来；戴上朵鲜花，妈的后影还很年轻似的。妈喜欢，我也喜欢。在学校里我也很喜欢。也许因为这个，我想起学校便想起花来？

十

当我要在小学毕业那年，妈又叫我去当当了。我不知道为什么新爸忽然走了。他上了哪儿，妈似乎也不晓得。妈妈还叫我上学，她想爸不久就会回来的。他许多日子没回来，连封信也没有。我想妈又该洗臭袜子了，这使我极难受。可是妈妈并没这么打算。她还打扮着，还爱戴花；奇怪！她不落泪，反倒好笑；为什么呢？我不明白！好几次，我下学来，看她在门口儿立着。又隔了不久，我在路上走，有人“嗨”我了：“嗨！给你妈捎个信儿去！”“嗨！你卖不卖呀？小嫩的！”我的脸红得冒出火来，把头低得无可再低。我明白，只是没办法。我不能问妈妈，不能。她对我很好，而且有时候极庄重的说我：“念书！念书！”妈是不识字的，为什么这样催我念书呢？我疑心；又常由疑心而想到妈是为我才作那样的事。妈是没有更好的办法。疑心的时候，我恨不能骂妈妈一顿。再一想，我要抱住她，央告她不要再作那个事。我恨自己不能帮助妈妈。所以我也想到：我在小学毕业后又有什么用呢？我和同学们打听过了，有的告诉我，去年毕业的有好几个作姨太太的。有的告诉我，谁当了暗门子。我不大懂这些事，可是由她们的说法，我猜到这不是好事。她们似乎什么都知道，也爱偷偷地谈论她们明知是不正当的事——这些事叫她们的脸红红的而显出得意。我更疑心妈妈了，是不是等我毕业好去作……这么一想，有时候我不敢回家，我怕见妈妈。妈妈有时候给我点心钱，我不肯花，饿着肚子去上体操，常常要晕过去。看着别人吃点心，多么香甜呢！可是我得省着钱，万一妈妈叫我去……我可以跑，假如我手中有钱。我最阔的时候，手中有一毛多钱！在这些时候，即使在白天，我也有时望一望天上，找我的月牙儿呢。我心中的苦处假若可以用个形状比喻起来，必是个月牙儿形的。它无倚无靠的在灰蓝的天上挂着，光儿微弱，不大会儿便被黑暗包住。

十一

叫我最难过的是我慢慢地学会了恨妈妈。可是每当我恨她的时候，我不知不觉地便想起她背着我上坟的光景。想到了这个，我不能恨她了。我又非恨她不可。我的心像——还是像那个月牙儿，只能亮那么一会儿，而黑暗是无限的。妈妈的屋里常有男人来了，她不再躲避着我。他们的眼像狗似地看着我，舌头吐着，垂着涎。我在他们的眼中是更解馋的，我看出来。在很短的期间，我忽然明白了许多的事。我知道我得保护自己，我觉出我身上好像有什么可贵的地方，我闻得出我已有一种什么味道，使我自己害羞，多感。我身上有了些力量，可以保护自己，也可以毁了自己。我有时很硬气，有时候很软。我不知怎样好。我愿爱妈妈，这时候我有好些必要问妈妈的事，需要妈妈的安慰；可是正在这个时候，我得躲着她，我得恨她；要不然我自己便不存在了。当我睡不着的时节，我很冷静地思索，妈妈是可原谅的。她得顾我们俩的嘴。可是这个又使我要拒绝再吃她给我的饭菜。我的心就这么忽冷忽热，像冬天的风，休息一会儿，刮得更要猛；我静候着我的怒气冲来，没法儿止住。

十二

事情不容我想好方法就变得更坏了。妈妈问我，“怎样？”假若我真爱她呢，妈妈说，我应该帮助她。不然呢，她不能再管我了。这不像妈妈能说得出的话，但是她确是这么说了。她说得很清楚：“我已经快老了，再过二年，想白叫人要也没人要了！”这是对的，妈妈近来擦许多的粉，脸上还露出摺子来。她要再走一步，去专伺候一个男人。她的精神来不及伺候许多男人了。为她自己想，这时候能有人要她——是个馒头铺掌柜的愿要她——她该马上就走。可是我已经是个大姑娘了，不像小时候那样容易跟在妈妈轿后走过去了。我得打主意安置自己。假若我愿意“帮助”妈妈呢，她可以不再走这一步，而由我代替她挣钱。代她挣钱，我真愿意；可是那个挣钱方法叫我哆嗦。我知道什么呢，叫我像个半老的妇人那样去挣钱？！妈妈的心是狠的，可是钱更狠。妈妈不逼着我走哪条路，她叫我自己挑选——帮助她，或是我们娘儿俩各走各的。妈妈的眼没有泪，早就干了。我怎么办呢？

十三

我对校长说了。校长是个四十多岁的妇人，胖胖的，不很精明，可是心热。我是真没了主意，要不然我怎会开口述说妈妈的……我并没和校长亲近过。当我对她说的时候，每个字都像烧红了的煤球烫着我的喉，我哑了，半天才能吐出一个字。校长愿意帮助我。她不能给我钱，只能供给我两顿饭和住处——就住在学校和个老女仆作伴儿。她叫我帮助书记员写写字，可是不必马上就这么办，因为我的字还需要练习。两顿饭，一个住处，解决了天大的问题。我可以不连累妈妈了。妈妈这回连轿也没坐，只坐了辆洋车，摸着黑走了。我的铺盖，她给了我。临走的时候，妈妈挣扎着不哭，可是心底下的泪到底翻上来了。她知道我不能再找她去，她的亲女儿。我呢，我连哭都忘了怎么哭了，我只咧着嘴抽达，泪蒙住了我的脸。我是她的女儿，朋友，安慰。但是我帮助不了她，除非我得作那种我决不肯作的事。在事后一想，我们娘儿俩就像两个没人管的狗，为我们的嘴我们得受着一切的苦处，好像我们身上没有别的，只有一张嘴。为这张嘴，我们得把其余一切的东西都卖了。我不恨妈妈了，我明白了。不是妈妈的毛病，也不是不该长那张嘴，是粮食的毛病，凭什么没有我们的吃食呢？这个别离，把过去一切的苦楚都压过去了。那最明白我的眼泪怎样流的月牙这回会没出来，这回只有黑暗，连点萤火的光也没有。妈妈就在暗中像个活鬼似的走了，连个影子也没有。即使她马上死了，恐怕也不会和爸埋在一处了，我连她将来的坟在哪里都不会知道。我只有这么个妈妈，朋友。我的世界里剩下我自己。

十四

妈妈永不能相见了，爱死在我心里，像被霜打了的春花。我用心地练字，为是能帮助校长抄写些不要紧的东西。我必须有用，我是吃着别人的饭。我不像那些女同学，她们一天到晚注意别人，别人吃了什么，穿了什么，说了什么；我老注意我自己，我的影子是我的朋友。“我”老在我的心上，因为没人爱我。我爱我自己，可怜我自己，鼓励我自己，责备我自己；我知道我自己，仿佛我是另一个人似的。我身上有一点变化都使我害怕，使我欢喜，使我莫名其妙。我在我自己手中拿着，像捧着一朵娇嫩的花。我只能顾目前，没有将来，也不敢深想。嚼着人家的饭，我知道那是晌午或晚上了，要不然我简直想不起时间来；没有希望，就没有时间。我好像钉在个没有日月的地方。想起妈妈，我晓得我曾经活了十几年。对将来，我不像同学们那样盼望放假，过节，过年；假期，节，年，跟我有什么关系呢？可是我的身体是往大了长呢，我觉得出。觉出我又长大了一些，我更渺茫，我不放心我自己。我越往大了长，我越觉得自己好看，这是一点安慰；美使我抬高了自己的身分。可是我根本没身分，安慰是先甜后苦的，苦到末了又使我自傲。穷，可是好看呢！这又使我怕：妈妈也是不难看的。

十五

我又老没看月牙了，不敢去看，虽然想看。我已毕了业，还在学校里住着。晚上，学校里只有两个老仆人，一男一女。他们不知怎样对待我好，我既不是学生，也不是先生，又不是仆人，可有点像仆人。晚上，我一个人在院中走，常被月牙给赶进屋来，我没有胆子去看它。可是在屋里，我会想象它是什么样，特别是在有点小风的时候。微风仿佛会给那点微光吹到我的心上来，使我想起过去，更加重了眼前的悲哀。我的心就好像在月光下的蝙蝠，虽然是在光的下面，可是自己是黑的；黑的东西，即使会飞，也还是黑的，我没有希望。我可是不哭，我只常皱着眉。

十六

我有了点进款：给学生织些东西，她们给我点工钱。校长允许我这么办。可是进不了许多，因为她们也会织。不过她们自己急于要用，而赶不来，或是给家中人打双手套或袜子，才来照顾我。虽然是这样，我的心似乎活了一点，我甚至想到：假若妈妈不走那一步，我是可以养活她的。一数我那点钱，我就知道这是梦想，可是这么想使我舒服一点。我很想看看妈妈。假若她看见我，她必能跟我来，我们能有方法活着，我想——不十分相信，可是。我想妈妈，她常到我的梦中来。有一天，我跟着学生们去到城外旅行，回来的时候已经是下午四点多了。为是快点回来，我们抄了个小道。我看见了妈妈！在个小胡同里有一家卖馒头的，门口放着个元宝筐，筐上插着个顶大的白木头馒头。顺着墙坐着妈妈，身儿一仰一弯地拉风箱呢。从老远我就看见了那个大木馒头与妈妈，我认识她的后影。我要过去抱住她。可是我不敢，我怕学生们笑话我，她们不许我有这样的妈妈。越走越近了，我的头低下去，从泪中看了她一眼，她没看见我。我们一群人擦着她的身子走过去，她好像是什么也没看见，专心地拉她的风箱。走出老远，我回头看了看，她还在那儿拉呢。我看不清她的脸，只看到她的头发在额上披散着点。我记住这个小胡同的名儿。

十七

像有个小虫在心中咬我似的，我想去看妈妈，非看见她我心中不能安静。正在这个时候，学校换了校长。胖校长告诉我得打主意，她在这儿一天便有我一天的饭食与住处，可是她不能保险新校长也这么办。我数了数我的钱，一共是两块七毛零几个铜子。这几个钱不会叫我在最近的几天中挨饿，可是我上哪儿呢？我不敢坐在那儿呆呆地发愁，我得想主意。找妈妈去是第一个念头。可是她能收留我吗？假若她不能收留我，而我找了她去，即使不能引起她与那个卖馒头的吵闹，她也必定很难过。我得为她想，她是我的妈妈，又不是我的妈妈，我们母女之间隔着一层用穷作成的障碍。想来想去，我不肯找她去了。我应当自己担着自己的苦处。可是怎么担着自己的苦处呢？我想不起。我觉得世界很小，没有安置我与我的小铺盖卷的地方。我还不如一条狗，狗有个地方便可以躺下睡；街上不准我躺着。是的，我是人，人可以不如狗。假若我扯着脸不走，焉知新校长不往外撵我呢？我不能等着人家往外推。这是个春天。我只看见花儿开了，叶儿绿了，而觉不到一点暖气。红的花只是红的花，绿的叶只是绿的叶，我看见些不同的颜色，只是一点颜色；这些颜色没有任何意义，春在我的心中是个凉的死的东西。我不肯哭，可是泪自己往下流。

十八

我出去找事了。不找妈妈，不依赖任何人，我要自己挣饭吃。走了整整两天，抱着希望出去，带着尘土与眼泪回来。没有事情给我作。我这才真明白了妈妈，真原谅了妈妈。妈妈还洗过臭袜子，我连这个都作不上。妈妈所走的路是唯一的。学校里教给我的本事与道德都是笑话，都是吃饱了没事时的玩艺。同学们不准我有那样的妈妈，她们笑话暗门子；是的，她们得这样看，她们有饭吃。我差不多要决定了：只要有人给我饭吃，什么我也肯干；妈妈是可佩服的。我才不去死，虽然想到过；不，我要活着。我年轻，我好看，我要活着。羞耻不是我造出来的。

十九

这么一想，我好像已经找到了事似的。我敢在院中走了，一个春天的月牙在天上挂着。我看出它的美来。天是暗蓝的，没有一点云。那个月牙清亮而温柔，把一些软光儿轻轻送到柳枝上。院中有点小风，带着南边的花香，把柳条的影子吹到墙角有光的地方来，又吹到无光的地方去；光不强，影儿不重，风微微地吹，都是温柔，什么都有点睡意，可又要轻软地活动着。月牙下边，柳梢上面，有一对星儿好像微笑的仙女的眼，逗着那歪歪的月牙和那轻摆的柳枝。墙那边有棵什么树，开满了白花，月的微光把这团雪照成一半儿白亮，一半儿略带点灰影，显出难以想到的纯净。这个月牙是希望的开始，我心里说。

二十

我又找了胖校长去，她没在家。一个青年把我让进去。他很体面，也很和气。我平素很怕男人，但是这个青年不叫我怕他。他叫我说什么，我便不好意思不说；他那么一笑，我心里就软了。我把找校长的意思对他说了，他很热心，答应帮助我。当天晚上，他给我送了两块钱来，我不肯收，他说这是他婶母——胖校长——给我的。他并且说他的婶母已经给我找好了地方住，第二天就可以搬过去。我要怀疑，可是不敢。他的笑脸好像笑到我的心里去。我觉得我要疑心便对不起人，他是那么温和可爱。

二十一

他的笑唇在我的脸上，从他的头发上我看着那也在微笑的月牙。春风像醉了，吹破了春云，露出月牙与一两对儿春星。河岸上的柳枝轻摆，春蛙唱着恋歌，嫩蒲的香味散在春晚的暖气里。我听着水流，像给嫩蒲一些生力，我想象着蒲梗轻快地往高里长。小蒲公英在潮暖的地上似乎正往叶尖花瓣上灌着白浆。什么都在溶化着春的力量，把春收在那微妙的地方，然后放出一些香味，像花蕊顶破了花瓣。我忘了自己，像四外的花草似的，承受着春的透入；我没了自己，像化在了那点春风与月的微光中。月儿忽然被云掩住，我想起来自己，我觉得他的热力在压迫我。我失去那个月牙儿，也失去了自己，我和妈妈一样了！

二十二

我后悔，我自慰，我要哭，我喜欢，我不知道怎样好。我要跑开，永不再见他；我又想他，我寂寞。两间小屋，只有我一个人，他每天晚上来。他永远俊美，老那么温和。他供给我吃喝，还给我作了几件新衣。穿上新衣，我自己看出我的美。可是我也恨这些衣服，又舍不得脱去。我不敢思想，也懒得思想，我迷迷糊糊的，腮上老有那么两块红。我懒得打扮，又不能不打扮，太闲在了，总得找点事作。打扮的时候，我怜爱自己；打扮完了，我恨自己。我的泪很容易下来，可是我设法不哭，眼终日老那么湿润润的，可爱。我有时候疯了似的吻他，然后把他推开，甚至于破口骂他；他老笑。

二十三

我早知道，我没希望；一点云便能把月牙遮住，我的将来是黑暗。果然，没有多久，春便变成了夏，我的春梦作到了头儿。有一天，也就是刚晌午吧，来了一个少妇。她很美，可是美得不玲珑，像个磁人儿似的。她进到屋中就哭了。不用问，我已明白了。看她那个样儿，她不想跟我吵闹，我更没预备着跟她冲突。她是个老实人。她哭，可是拉住我的手："他骗了咱们俩！"她说。我以为她也只是个"爱人"。不，她是他的妻。她不跟我闹，只口口声声的说："你放了他吧！"我不知怎么才好，我可怜这个少妇。我答应了她。她笑了。看她这个样儿，我以为她是缺个心眼，她似乎什么也不懂，只知道要她的丈夫。

二十四

我在街上走了半天。很容易答应那个少妇呀，可是我怎么办呢？他给我的那些东西，我不愿意要；既然要离开他，便一刀两断。可是，放下那点东西，我还有什么呢？我上哪儿呢？我怎么能当天就有饭吃呢？好吧，我得要那些东西，无法。我偷偷的搬了走。我不后悔，只觉得空虚，像一片云那样的无倚无靠。搬到一间小屋里，我睡了一天。

二十五

我知道怎样俭省，自幼就晓得钱是好的。凑合着手里还有那点钱，我想马上去找个事。这样，我虽然不希望什么，或者也不会有危险了。事情可是并不因我长了一两岁而容易找到。我很坚决，这并无济于事，只觉得应当如此罢了。妇女挣钱怎这么不容易呢！妈妈是对的，妇人只有一条路走，就是妈妈所走的路。我不肯马上就往那么走，可是知道它在不很远的地方等着我呢。我越挣扎，心中越害怕。我的希望是初月的光，一会儿就要消失。一两个星期过去了，希望越来越小。最后，我去和一排年轻的姑娘们在小饭馆受选阅。很小的一个饭馆，很大的一个老板；我们这群都不难看，都是高小毕业的少女们，等皇赏似的，等着那个破塔似的老板挑选。他选了我。我不感谢他，可是当时确有点痛快。那群女孩子们似乎很羡慕我，有的竟自含着泪走去，有的骂声“妈的！”女人够多么不值钱呢！

二十六

我成了小饭馆的第二号女招待。摆菜，端菜，算账，报菜名，我都不在行。我有点害怕。可是“第一号”告诉我不用着急，她也都不会。她说，小顺管一切的事；我们当招待的只要给客人倒茶，递手巾把，和拿账条；别的不用管。奇怪！“第一号”的袖口卷起来很高，袖口的白里子上连一个污点也没有。腕上放着一块白丝手绢，绣着“妹妹我爱你”。她一天到晚往脸上拍粉，嘴唇抹得血瓢似的。给客人点烟的时候，她的膝往人家腿上倚；还给客人斟酒，有时候她自己也喝了一口。对于客人，有的她伺候得非常的周到；有的她连理也不理，她会把眼皮一搭拉，假装没看见。她不招待的，我只好去。我怕男人。我那点经验叫我明白了些，什么爱不爱的，反正男人可怕。特别是在饭馆吃饭的男人们，他们假装义气，打架似的让座让账；他们拼命的猜拳，喝酒；他们野兽似的吞吃，他们不必要而故意的挑剔毛病，骂人。我低头递茶递手巾，我的脸发烧。客人们故意的和我说东说西，招我笑；我没心程说笑。晚上九点多钟完了事，我非常的疲乏了。到了我的小屋，连衣裳没脱，我一直地睡到天亮。醒来，我心中高兴了一些，我现在是自食其力，用我的劳力自己挣饭吃。我很早的就去上工。

二十七

“第一号”九点多才来，我已经去了两点多钟。她看不起我，可也并非完全恶意地教训我：“不用那么早来，谁八点来吃饭？告诉你，丧气鬼，把脸别搭拉得那么长；你是女跑堂的，没让你在这儿送殡玩。低着头，没人多给酒钱；你干什么来了？不为挣子儿吗？你的领子太矮，咱这行全得弄高领子，绸子手绢，人家认这个！”我知道她是好意，我也知道设若我不肯笑，她也得吃挂落，少分酒钱；小账是大家平分的。我也并非看不起她，从一方面看，我实在佩服她，她是为挣钱。妇女挣钱就得这么着，没第二条路。但是，我不肯学她。我仿佛看得很清楚：有朝一日，我得比她还开通，才能挣上饭吃。可是那得到了山穷水尽的时候；“万不得已”老在那儿等我们女子，我只能叫它多等几天。这叫我咬牙切齿，叫我心中冒火，可是妇女的命运不在自己手里。又干了三天，那个大掌柜的下了警告：再试我两天，我要是愿意往长了干呢，得照“第一号”那么办。“第一号”一半嘲弄，一半劝告的说：“已经有人打听你，干吗藏着乖的卖傻的呢？咱们谁不知道谁是怎着？女招待嫁银行经理的，有的是；你当是咱们低搭呢？闯开脸儿干呀，咱们也他妈的坐几天汽车！”这个，逼上我的气来，我问她："你什么时候坐汽车？"她把红嘴唇撇得要掉下去："不用你耍嘴皮子，干什么说什么；天生下来的香屁股，还不会干这个呢！"我干不了，拿了一块另五分钱，我回了家。

二十八

最后的黑影又向我迈了一步。为躲它，就更走近了它。我不后悔丢了那个事，可我也真怕那个黑影。把自己卖给一个人，我会。自从那回事儿，我很明白了些男女之间的关系。女人把自己放松一些，男人闻着味儿就来了。他所要的是肉，他所给的也是肉。他咬了你，压着你，发散了兽力，你便暂时有吃有穿；然后他也许打你骂你，或者停止了你的供给。女人就这么卖了自己，有时候还很得意，我曾经觉到得意。在得意的时候，说的净是一些天上的话；过了会儿，你觉得身上的疼痛与丧气。不过，卖给一个男人，还可以说些天上的话；卖给大家，连这些也没法说了，妈妈就没说过这样的话。怕的程度不同，我没法接受"第一号"的劝告；"一个"男人到底使我少怕一点。可是，我并不想卖我自己。我并不需要男人，我还不到二十岁。我当初以为跟男人在一块儿必定有趣，谁知道到了一块他就要求那个我所害怕的事。是的，那时候我像把自己交给了春风，任凭人家摆布；过后一想，他是利用我的无知，畅快他自己。他的甜言蜜语使我走入梦里；醒过来，不过是一个梦，一些空虚；我得到的是两顿饭，几件衣服。我不想再这样挣饭吃，饭是实在的，实在地去挣好了。可是，若真挣不上饭吃，女人得承认自己是女人，得卖肉！一个多月，我找不到事作。

二十九

我遇见几个同学，有的升入了中学，有的在家里作姑娘。我不愿理她们，可是一说起话儿来，我觉得我比她们精明。原先，在学校的时候，我比她们傻；现在，“她们”显着呆傻了。她们似乎还都作梦呢。她们都打扮得很好，像铺子里的货物。她们的眼溜着年轻的男子，心里好像作着爱情的诗。我笑她们。是的，我必定得原谅她们，她们有饭吃，吃饱了当然只好想爱情，男女彼此织成了网，互相捕捉；有钱的，网大一些，捉住几个，然后从容地选择一个。我没有钱，我连个结网的屋角都找不到。我得直接地捉人，或是被捉，我比她们明白一些，实际一些。

三十

有一天，我碰见那个小媳妇，像磁人似的那个。她拉住了我，倒好像我是她的亲人似的。她有点颠三倒四的样儿。“你是好人！你是好人！我后悔了，”她很诚恳地说，“我后悔了！我叫你放了他，哼，还不如在你手里呢！他又弄了别人，更好了，一去不回头了！”由探问中，我知道她和他也是由恋爱而结的婚，她似乎还很爱他。他又跑了。我可怜这个小妇人，她也是还作着梦，还相信恋爱神圣。我问她现在的情形，她说她得找到他，她得从一而终。要是找不到他呢？我问。她咬上了嘴唇，她有公婆，娘家还有父母，她没有自由，她甚至于羡慕我，我没有人管着。还有人羡慕我，我真要笑了！我有自由，笑话！她有饭吃，我有自由；她没自由，我没饭吃，我俩都是女子。

三十一

自从遇上那个小磁人，我不想把自己专卖给一个男人了，我决定玩玩了；换句话说，我要“浪漫”地挣饭吃了。我不再为谁负着什么道德责任，我饿。浪漫足以治饿，正如同吃饱了才浪漫，这是个圆圈，从哪儿走都可以。那些女同学与小磁人都跟我差不多，她们比我多着一点梦想，我比她们更直爽，肚子饿是最大的真理。是的，我开始卖了。把我所有的一点东西都折卖了，作了一身新行头，我的确不难看。我上了市。

三十二

我想我要玩玩，浪漫。啊，我错了。我还是不大明白世故。男人并不像我想的那么容易勾引。我要勾引文明一些的人，要至多只赔上一两个吻。哈哈，人家不上那个当，人家要初次见面便摸我的乳。还有呢，人家只请我看电影，或逛逛大街，吃杯冰激凌；我还是饿着肚子回家。所谓文明人，懂得问我在哪儿毕业，家里作什么事。那个态度使我看明白，他若是要你，你得给他相当的好处；你若是没有好处可贡献呢，人家只用一角钱的冰激凌换你一个吻。要卖，得痛痛快快的，拿钱来，我陪你睡。我明白了这个。小磁人们不明白这个。我和妈妈明白，我很想妈了。

三十三

据说有些女人是可以浪漫地挣饭吃，我缺乏资本；也就不必再这样想了。我有了买卖。可是我的房东不许我再住下去，他是讲体面的人。我连瞧他也没瞧，就搬了家，又搬回我妈妈和新爸爸曾经住过的那两间房。这里的人不讲体面，可也更真诚可爱。搬了家以后，我的买卖很不错。连文明人也来了。文明人知道了我是卖，他们是买，就肯来了；这样，他们不吃亏，也不丢身分。初干的时候，我很害怕，因为我还不到廿岁。及至作过了几天，我也就不怕了，身体上哪部分多运动都可以发达的。况且我不留情呢，我身上的各处都不闲着，手，嘴……都帮忙。他们爱这个。多咱他们像了一摊泥，他们才觉得上了算，他们满意，还替我作义务的宣传。干过了几个月，我明白的事情更多了，差不多每一见面我就能断定他是怎样的人。有的很有钱，这样的人一开口总是问我的身价，表示他买得起我。他也很嫉妒，总想包了我；逛暗娼他也想独占，因为他有钱。对这样的人，我不大招待。他闹脾气，我不怕，我告诉他，我可以找上他的门去，报告给他的太太。在小学里念了几年书，到底是没白念，他唬不住我。教育是有用的，我相信了。有的人呢，来的时候，手里就攥着一块钱，唯恐上了当。对这种人，我跟他细讲条件，干什么多少钱，干什么多少钱，他就乖乖地回家去拿钱，很有意思。最可恨的是那些油子，不但不肯花钱，反倒要占点便宜走，什么半盒烟卷呀，什么一小瓶雪花膏呀，他们随手拿去。这种人还是得罪不的，他们在地面上很熟，得罪了他们，他们会叫巡警跟我捣乱。我不得罪他们，我喂着他们；及至我认识了警官，才一个个的收拾他们。世界就是狼吞虎咽的世界，谁坏谁就有便宜。顶可怜的是那像中学学生样儿的，袋里装着一块钱，和几十铜子，叮当地直响，鼻子上出着汗。我可怜他们，可是也照常卖给他们。我有什么办法呢！还有老头子呢，都是些规矩人，或者家中已然儿孙成群。对他们，我不知道怎样好；但是我知道他们有钱，想在死前买些快乐，我只好供给他们所需要的。这些经验叫我认识了“钱”与“人”。钱比人更厉害一些，人若是兽，钱就是兽的胆子。

三十四

我发现了我身上有了病。这叫我非常的苦痛，我觉得已经不必活下去了。我休息了，我到街上去走；无目的，乱走。我想去看看妈，她必能给我一些安慰，我想象着自已已是快死的人了。我绕到那个小巷，希望见着妈妈；我想起她在门外拉风箱的样子。馒头铺已经关了门。打听，没人知道搬到哪里去。这使我更坚决了，我非找到妈妈不可。在街上丧胆游魂地走了几天，没有一点用。我疑心她是死了，或是和馒头铺的掌柜的搬到别处去，也许在千里以外。这么一想，我哭起来。我穿好了衣裳，擦上了脂粉，在床上躺着，等死。我相信我会不久就死去的。可是我没死。门外又敲门了，找我的。好吧，我伺候他，我把病尽力地传给他。我不觉得这对不起人，这根本不是我的过错。我又痛快了些，我吸烟，我喝酒，我好像已是三四十岁的人了。我的眼圈发青，手心发热，我不再管；有钱才能活着，先吃饱再说别的吧。我吃得并不错，谁肯吃坏的呢！我必须给自己一点好吃食，一些好衣裳，这样才稍微对得起自己一点。

三十五

一天早晨，大概有十点来钟吧，我正披着件长袍在屋中坐着，我听见院中有点脚步声。我十点来钟起来，有时候到十二点才想穿好衣裳，我近来非常的懒，能披着件衣服呆坐一两个钟头。我想不起什么，也不愿想什么，就那么独自呆坐。那点脚步声向我的门外来了，很轻很慢。不久，我看见一对眼睛，从门上那块小玻璃向里面看呢。看了一会儿，躲开了；我懒得动，还在那儿坐着。待了一会儿，那对眼睛又来了。我再也坐不住，我轻轻的开了门。“妈！”

三十六

我们母女怎么进了屋，我说不上来。哭了多久，也不大记得。妈妈已老得不像样儿了。她的掌柜的回了老家，没告诉她，偷偷地走了，没给她留下一个钱。她把那点东西变卖了，辞了房，搬到一个大杂院里去。她已找了我半个多月。最后，她想到上这儿来，并没希望找到我，只是碰碰看，可是竟自找到了我。她不敢认我了，要不是我叫她，她也许就又走了。哭完了，我发狂似的笑起来：她找到了女儿，女儿已是个暗娼！她养着我的时候，她得那样；现在轮到我养着她了，我得那样！女子的职业是世袭的，是专门的！

三十七

我希望妈妈给我点安慰。我知道安慰不过是点空话，可是我还希望来自妈妈的口中。世上的妈妈都最会骗人，我们把妈妈的诓骗叫作安慰。我的妈妈连这个都忘了。她是饿怕了，我不怪她。她开始检点我的东西，问我的进项与花费，似乎一点也不以这种生意为奇怪。我告诉她，我有了病，希望她劝我休息几天。没有；她只说出去给我买药。“我们老干这个吗？”我问她。她没言语。可是从另一方面看，她确是想保护我，心疼我。她给我作饭，问我身上怎样，还常常偷看我，像妈妈看睡着了的小孩那样。只是有一层她不肯说，就是叫我不用再干这行了。我心中很明白——虽然有一点不满意她——除了干这个，还想不到第二个事情作。我们母女得吃得穿——这个决定了一切。什么母女不母女，什么体面不体面，钱是无情的。

三十八

妈妈想照应我，可是她得听着看着人家蹂躏我。我想好好对待她，可是我觉得她有时候讨厌。她什么都要管管，特别是对于钱。她的眼已失去年轻时的光泽，不过看见了钱还能发点光。对于客人，她就自居为仆人，可是当客人给少了钱的时候，她张嘴就骂。这有时候使我很为难。不错，既干这个还不是为钱吗？可是干这个的也似乎不必骂人。我有时候也会慢待人，可是我有我的办法，使客人急不得恼不得。妈妈的方法太笨了，很容易得罪人。看在钱的面上，我们不应当得罪人。我的方法或者出于我还年轻，还幼稚；妈妈便不顾一切的单单站在钱上了，她应当如此，她比我大着好些岁。恐怕再过几年我也就这样了，人老心也跟着老，渐渐老得和钱一样的硬。是的，妈妈不客气。她有时候劈手就抢客人的皮夹，有时候留下人家的帽子或值钱一点的手套与手杖。我很怕闹出事来，可是妈妈说的好：“能多弄一个是一个，咱们是拿十年当作一年活着的，等七老八十还有人要咱们吗？”有时候，客人喝醉了，她便把他架出去，找个僻静地方叫他坐下，连他的鞋都拿回来。说也奇怪，这种人倒没有来找账的，想是已人事不知，说不定也许病一大场。或者事过之后，想过滋味，也就不便再来闹了，我们不怕丢人，他们怕。

三十九

妈妈是说对了：我们是拿十年当一年活着。干了二三年，我觉出自己是变了。我的皮肤粗糙了，我的嘴唇老是焦的，我的眼睛里老灰不溜的带着血丝。我起来的很晚，还觉得精神不够。我觉出这个来，客人们更不是瞎子，熟客渐渐少起来。对于生客，我更努力的伺候，可是也更厌恶他们，有时候我管不住自己的脾气。我暴躁，我胡说，我已经不是我自己了。我的嘴不由的老胡说，似乎是惯了。这样，那些文明人已不多照顾我，因为我丢了那点"小鸟依人"——他们唯一的诗句——的身段与气味。我得和野鸡学了。我打扮得简直不像个人，这才招得动那不文明的人。我的嘴擦得像个红血瓢，我用力咬他们，他们觉得痛快。有时候我似乎已看见我的死，接进一块钱，我仿佛死了一点。钱是延长生命的，我的挣法适得其反。我看着自己死，等着自己死。这么一想，便把别的思想全止住了。不必想了，一天一天地活下去就是了，我的妈妈是我的影子，我至好不过将来变成她那样，卖了一辈子肉，剩下的只是一些白头发与抽皱的黑皮。这就是生命。

四十

我勉强地笑，勉强地疯狂，我的痛苦不是落几个泪所能减除的。我这样的生命是没什么可惜的，可是它到底是个生命，我不愿撒手。况且我所作的并不是我自己的过错。死假如可怕，那只因为活着是可爱的。我决不是怕死的痛苦，我的痛苦久已胜过了死。我爱活着，而不应当这样活着。我想象着一种理想的生活，像作着梦似的；这个梦一会儿就过去了，实际的生活使我更觉得难过。这个世界不是个梦，是真的地狱。妈妈看出我的难过来，她劝我嫁人。嫁人，我有了饭吃，她可以弄一笔养老金。我是她的希望。我嫁谁呢?

四十一

因为接触的男子很多了，我根本已忘了什么是爱。我爱的是我自己，及至我已爱不了自己，我爱别人干什么呢?但是打算出嫁，我得假装说我爱，说我愿意跟他一辈子。我对好几个人都这样说了，还起了誓；没人接受。在钱的管领下，人都很精明。嫖不如偷，对，偷省钱。我要是不要钱，管保人人说爱我。

四十二

正在这个期间，巡警把我抓了去。我们城里的新官儿非常地讲道德，要扫清了暗门子。正式的妓女倒还照旧作生意，因为她们纳捐；纳捐的便是名正言顺的，道德的。抓了去，他们把我放在了感化院，有人教给我作工。洗，做，烹调，编织，我都会；要是这些本事能挣饭吃，我早就不干那个苦事了。我跟他们这样讲，他们不信，他们说我没出息，没道德。他们教给我工作，还告诉我必须爱我的工作。假如我爱工作，将来必定能自食其力，或是嫁个人。他们很乐观。我可没这个信心。他们最好的成绩，是已经有十几多个女的，经过他们感化而嫁了人。到这儿来领女人的，只须花两块钱的手续费和找一个妥实的铺保就够了。这是个便宜。从男人方面看；据我想，这是个笑话。我干脆就不受这个感化。当一个大官儿来检阅我们的时候，我唾了他一脸唾沫。他们还不肯放了我，我是带危险性的东西。可是他们也不肯再感化我。我换了地方，到了狱中。

四十三

狱里是个好地方，它使人坚信人类的没有起色；在我作梦的时候都见不到这样丑恶的玩艺。自从我一进来，我就不再想出去，在我的经验中，世界比这儿并强不了许多。我不愿死，假若从这儿出去而能有个较好的地方；事实上既不这样，死在哪儿不一样呢。在这里，在这里，我又看见了我的好朋友，月牙儿！多久没见着它了！妈妈干什么呢？我想起来一切。

原载 1935 年 4 月 1 日至 15 日《国闻周报》第 12 卷第 12 至 14 期。

兔

一

许多人说小陈是个“兔子”。

我认识他，从他还没作票友的时候我就认识他。他很瘦弱，很聪明，很要强，很年轻，眉眼并不怎么特别的秀气，不过脸上还白净。我和他在一家公司里共过半年多的事，公司里并没有一个人对他有什么不敬的态度与举动；反之，大家都拿他当个小兄弟似的看待：他爱红脸，大家也就分外的对他客气。他不能，绝对不能，是个“兔子”。

他真聪明。有一次，公司办纪念会，要有几项“游艺”，由全体职员瞎凑，好不好的只为凑个热闹。小陈红着脸说，他可以演戏，虽然没有学过，可是看见过；假若大家愿意，他可以试试。看过戏就可以演戏，没人相信。可是既为凑热闹，大家当然不便十分的认真，教他玩玩吧，唱好唱坏有什么关系呢。他唱了一出《红鸾喜》。他的嗓子就和根毛儿似的那么细，坐在最前面的人们也听不见一个字，可是他的扮相，台步，作派，身段，没有一处不好的，就好像是个嗓子已倒而专凭作工见长的老伶，处处细腻老到。他可是并没学过戏！无论怎么说吧，那天的“游艺”数着这出《红鸾喜》最“红”，而且掌声与好儿都是小陈一个人得的。下了装以后，他很腼腆的，低着头说：“还会打花鼓呢，也并没有学过。”

不久，我离开了那个公司。可是，还时常和小陈见面。那出《红鸾喜》的成功，引起他学戏的兴趣。他拜了俞先生为师。俞先生是个老票友，也是我的朋友；五十多岁了，可是嗓子还很娇嫩，高兴的时候还能把胡子剃去，票出《三堂会审》。俞先生为人正直规矩，一点票友们的恶习也没有。看着老先生撅着胡子嘴细声细气的唱，小陈红着脸用毛儿似的小嗓随着学，我觉得非常有趣，所以有时候我也跟着学几句。我的嗓子比小陈的好得多，可就是唱不出味儿来，唱着唱着我自己就笑了，老先生笑得更厉害：“算了吧，你听我徒弟唱吧！”小陈微微一笑，脸向着墙“喊”了几句，声音还是不大，可是好听。“你等着，”老先生得意的对我说，“再有半年，他的嗓子就能出来！真有味！”

俞先生拿小陈真当个徒弟对待，我呢也看他是个小朋友，除了学戏以外，我们也常一块儿去吃个小馆，或逛逛公园。我们两个年纪较大的到处规规矩矩，小陈呢自然也很正经，连句错话也不敢说。就连这么着，俞先生还时常的说：“这不过是个玩艺，可别误了正事！

二

小陈，因为聪明，贪快贪多，恨不能一个星期就学完一出戏。俞先生可是不忙。他知道小陈聪明，但是不愿意教他贪多嚼不烂。俞先生念字的正确，吐音的清楚，是票友里很少见的。他楞可少教小陈学几个腔儿，而必须把每个字念清楚圆满了。小陈，和别的年轻人一样，喜欢花哨。有时候，他从留音机片上学下个新腔，故意的向老先生显胜。老先生虽然不说什么，可是心中不大欢喜。经过这么几次，老先生可就背地里对我说了："我看哪，大概这个徒弟要教不长久。自然喽，我并不要他什么，教不教都没多大关系。我怕的是，他学坏了，戏学坏了倒还是小事，品行，品行……不放心！我是真爱这个小人儿，太聪明！聪明人可容易上当！"

我没回答出什么来，因为我以为这一半由于老先生的爱护小陈，一半由于老先生的厌恶新腔。其实呢，我想，左不是玩玩罢咧，何必一定叫真儿分什么新旧邪正呢。我知道我顶好是不说什么，省得教老先生生气。

不久，我就微微的觉到，老先生的话并非过虑。我在街上看见了小陈同着票友儿们一块走。这种票友和俞先生完全不同：俞先生是个规规矩矩的好人，除了会唱几句，并没有什么与常人不同的地方。这些票友，恰相反，除了作票友之外，他们什么也不是。他们虽然不是职业的伶人，可也头上剃着月亮门，穿张打扮，说话行事，全像戏子，即使未必会一整出戏，可是习气十足，我把这个告诉给俞先生了，俞先生半天没说出话来。

过了两天，我又去看俞先生，小陈也在那里呢。一看师徒的神气，我就知道他们犯了拧儿。我刚坐下，俞先生指着小陈的鞋，对我说："你看看，这是男人该穿的鞋吗？葡萄灰的，软帮软底！他要是登台彩排，穿上花鞋，逢场作戏，我决不说什么。平日也穿着这样的鞋，满街去走，成什么样儿呢？"

我很不易开口。想了会儿，我笑着说，"在苏州和上海的鞋店里，时常看到颜色很鲜明，样式很轻巧的男鞋；不比咱们这儿老是一色儿黑，又大又笨。"原想这么一说，老先生若是把气收一收，而小陈也不再穿那双鞋，事儿岂不就轻轻的揭过去了么。

可是，俞先生一个心眼，还往下钉："事情还不这么简单，这双鞋是人家送给他的。你知道，我玩票二十多年了，票友儿们的那些花样都瞒不了我。今天他送双鞋，明天你送条手绢，只要伸手一接，他们便吐着舌头笑，把天好的人也说成一个小钱不值。你既是爱唱着玩，有我教给你还不够，何必跟那些狐朋狗友打联联呢？！何必弄得好说不好听的呢？！”

小陈的脸白起来，我看出他是动了气。可是我还没想到他会这么暴烈，愣了会儿，他说出很不好听的来了：“你的玩艺都太老了。我有工夫还去学点新的呢！”说完，他的脸忽然红了；仿佛是为省得把那点腼腆劲儿恢复过来，低着头，抓起来帽子，走出去，并没向俞老师弯弯腰。

看着他的后影，俞先生的嘴唇颤着，“呕”了两声。

“年轻火气盛，不必——”我安慰着俞先生。

“哼，他得毁在他们手里！他们会告诉他，我的玩艺老了，他们会给他介绍先生，他们会蹿弄他‘下海’，他们会死吃他一口，他们会把他鼓捣死。可惜！可惜！”

俞先生气得不舒服了好几天。

三

小陈用不着再到俞先生那里去，他已有了许多朋友。他开始在春芳阁茶楼清唱，春芳阁每天下午有“过排”，他可是在星期日才能去露一出。因为俞先生，我也认识几位票友，所以星期日下午若有工夫，我也到那里去泡壶茶，听三两出戏；前后都有熟人，我可以随便的串——好观察小陈的行动。

就是在这个时候，开始有人说他是“兔子”。我不能相信。不错，他的脸白净，他唱“小嗓”；可是我也知道他聪明，有职业，腼腆；不论他怎么变，决不会变成个“那个”。我有这个信心，所以我一边去观察他的行动，也一边很留神去看那些说他是“那个”的那些人们。

小陈的服装确是越来越匪气了，脸上似乎也擦着点粉。可是他的神气还是在腼腆之中带着一股正气。一看那些给他造谣的，和捧他的，我就明白过来：他打扮，他擦粉，正和他穿那双葡萄灰色的鞋一样，都并不出于他的本心，而是上了他们的套儿。俞先生的话说得不错，他要毁在他们手里。

最惹我注意的，是个黑脸大汉。头上剃着月亮门，眼皮里外都是黑的，他永远穿着极长极瘦绸子衣服，领子总有半尺来高。

据说，他会唱花脸，可是我没听他唱过一句。他的嘴里并不像一般的票友那样老哼唧着戏词儿，而是念着锣鼓点儿，嘴里念着，手脚随着轻轻的抬落；不用说，他的工夫已超过研究耍腔念字，而到了能背整出的家伙点的程度，大概他已会打“单皮”。

这个黑汉老跟着小陈，就好像老鸨子跟着妓女那么寸步不离。小陈的“戏码”，我在后台看见，永远是由他给排。

排在第几出，和唱哪一出，他都有主张与说法。他知道小陈的嗓子今天不得力，所以得唱出歇工儿戏；他知道小陈刚排熟了《得意缘》，所以必定得过一过。要是凑不上角儿的话，他可以临时去约。赶到小陈该露了，他得拉着小陈的手，告诉他在哪儿叫好，在哪儿偷油，要是半路嗓子不得力便应在哪个关节"码前"或"叫散"了。在必要的时候，他还递给小陈一粒华达丸。拿他和体育教员比一比，我管保说，在球队下场比赛的时候那种种嘱告与指导，实在远不及黑汉的热心与周到。

等到小陈唱完，他永远不批评，而一个劲儿夸奖。在夸奖的言词中，他顺手儿把当时最有名的旦角加以极厉害的攻击：谁谁的嗓子像个"黑头"，而腆着脸硬唱青衣！谁谁的下巴有一尺多长，脊背像黄牛那么宽，而还要唱花旦！这种攻击既显出他的内行，有眼力，同时教小陈晓得自己不但可以和那些名伶相比，而且实在自己有超过他们的地方了。因此，他有时候，我看出来，似乎很难为情，设法不教黑汉拉着他的手把他送到台上去，可是他也不敢得罪他；他似乎看出一些希望来，将来他也能变成个名伶；这点希望的实现都得仗着黑汉。黑汉设若不教他和谁说话，他就不敢违抗，黑汉要是教他擦粉，他就不敢不擦。

我看，有这么个黑汉老在小陈身旁，大概就没法避免

“兔子”这个称呼吧？

小陈一定知道这个。同时，他也知道能变成个职业的伶人是多么好的希望。自己聪明，“说”一遍就会；再搭上嗓子可以对付，扮相身段非常的好；资格都有了，只要自己肯，便能伸手拿几千的包银，干什么不往这条路上走呢！什么再比这个更现成更有出息呢？

要走这条路，黑汉是个宝贝。在黑汉的口中，不但极到家的讲究戏，他也谈怎样为朋友家办堂会戏，怎样约角，怎样派份儿，怎样赁衣箱。职业的，玩票的，“使黑杵的”，全得听他的调动。他可以把谁捧起来，也可以把谁摔下去；他不但懂戏，他也懂“事”。小陈没法不听他的话，没法不和他亲近。假若小陈愿意的话，他可以不许黑汉拉他的手，可是也就不要再到票房去了。不要说他还有那个希望，就是纯粹为玩玩也不能得罪黑汉，黑汉一句话便能教小陈没地方去过戏瘾，先不用说别的了。

四

有黑汉在小陈身后，票房的人们都不敢说什么，他们对小陈都敬而远之。给小陈打鼓的决不敢加个“花键子”；给小陈拉胡琴的决不敢耍坏，暗暗长一点弦儿；给小陈配戏的决不敢弄句新“搭口”把他绕住，也不敢放胆的卖力气叫好而把小陈压下去。他们的眼睛看着黑汉而故意向小陈卖好，像众星捧月似的。他们绝不会佩服小陈——票友是不会佩服人的——可是无疑的都怕黑汉。

假如这些人不敢出声，台底下的人可会替他们说话；黑汉还不敢干涉听戏的人说什么。

听戏的人可以分作两类：一类是到星期六或星期日偶尔来泡壶茶解解闷，花钱不多而颇可以过过戏瘾。这一类人无所谓，高兴呢喊声好，不高兴呢就一声不出或走出去。另一类人是冬夏常青，老长在春芳阁的。他们都多知多懂。有的玩过票而因某种原因不能再登台，所以天天上茶楼来听别人唱，专为给别人叫“倒好”，以表示自己是老行家。有的是会三句五句的，还没资格登台，所以天天来熏一熏，服装打扮已完全和戏子一样了，就是一时还不能登台表演，而十分相信假若一旦登台必会开门红的。有的是票友们的亲戚或朋友，天天来给捧场，不十分懂得戏，可是很会喊好鼓掌。有的是专为来喝茶，不过日久天长便和这些人打成一气，而也自居为行家。这类人见小陈出来就嘀咕，说他是“兔子”。

只要小陈一出来，这群人就嘀咕。他们不能挨着家儿去告诉那些生茶座儿：他是“兔子”。可是他们的嘀咕已够使大家明白过来的了。大家越因好奇而想向他们打听一下，他们便越嘀咕得紧切，把大家的耳朵都吸过来一些；然后，他们忽然停止住嘀咕，而相视微笑，大家的耳朵只好慢慢的收回去，他们非常的得意。假若黑汉能支配台上，这群人能左右台下，两道相逆的水溜，好像是，冲激那个瘦弱的小陈。

这群人里有很年轻的，也有五六十岁的。虽然年纪不同，可一律擦用雪花膏与香粉，寿数越高的越把粉擦得厚。他们之中有贫也有富，不拘贫富，服装可都很讲究，穷的也有个穷讲究——即使棉袍的面子是布的。也会设法安半截绸子里儿；即使连里子也得用布，还能在颜色上着想，衬上什么雪青的或深紫的。他们一律都卷着袖口，为是好显显小褂的洁白。

大概是因为忌妒吧，他们才说小陈是“兔子”；其实据我看呢，这群人们倒更像“那个”呢。

小陈一露面，他们的脸上就立刻摆出一种神情，能伸展成笑容，也能缩敛成怒意；一伸，就仿佛赏给了他一点世上罕有的恩宠；一缩，就好像他们触犯帝王的圣怒。小陈，为博得彩声，得向他们递个求怜邀宠的眼色。连这么着，他们还不轻易给他喊个好儿。

赶到他们要捧的人上了台，他们的神情就极严肃了，都伸着脖儿听；大家喊好的时候，他们不喊；他们却在那大家不注意的地方，赞叹着，仿佛是忘形的，不能不发泄的，喝一声彩，使大家惊异，而且没法不佩服他们是真懂行。据说，若是请他们吃一顿饭，他们便可以玩这一招。显然的，小陈要打算减除了那种嘀咕，也得请他们吃饭。

我心里替小陈说，何必呢！可是他自有他的打算。

五

有一天，在报纸上，我看到小陈彩排的消息。我决定去看一看。

当然黑汉得给他预备下许多捧场的。我心里可有准儿，不能因为他得的好儿多或少去决定他的本事，我要凭着我自己的良心去判断他的优劣。

他还是以作工讨好，的确是好。至于唱工，凭良心说，连一个好儿也不值。在小屋里唱，不错，他确是有味儿；一登台，他的嗓子未免太窄了，只有前两排凑合着能听见，稍微靠后一点的，便只见他张嘴而听不见声儿了。

想指着唱戏挣钱，谈何容易呢！我晓得这个，可是不便去劝告他。黑汉会给他预备好捧场的，教他时时得到满堂的彩，教他没法不相信自己的技艺高明。我的话有什么用呢？

事后，报纸上的批评是一致的，都说他可以比作昔年的田桂凤。我知道这些批评是由哪儿来的，黑汉哪能忘下这一招呢。

从这以后，义务戏和堂会就老有小陈的戏码了。我没有工夫去听，可是心中替他担忧。我晓得走票是花钱买脸的事，为玩票而倾家荡产的并不算新奇；而小陈是个穷小子啊。打算露脸，他得有自己的行头，得找好配角，得有跟包的，得摆出阔架子来，就凭他，公司里的一个小职员？难！

不错，黑汉会帮助他；可是，一旦黑汉要翻脸和他算清账怎么办呢？俞先生的话，我现在明白过来，的确是经验之谈，一点也非过虑。

不久，我听说他被公司辞了出来，原因是他私造了收据，使了一些钱。虽说我俩并非知己的朋友，我可深知他绝不是个小滑头。要不是被逼急了，我相信他是不会干出这样丢脸的事的。我原谅他，所以深恨黑汉和架弄着小陈的那一群人。

我决定去找他，看看我能不能帮助他一把儿；几乎不为是帮助他，而是借此去反抗黑汉，要从黑汉手中把个聪明的青年救出来。

六

小陈的屋里有三四个人，都看着他作“活”呢。因为要省点钱，凡是自己能动手的，他便自己作。现在，他正作着一件背心，戏台上丫环所穿的那种。大家吸着烟，闲谈着，他一声不出的，正往背心上粘玻璃珠子——用胶水画好一大枝梅花，而后把各色的玻璃珠粘上去，省工，省钱，而穿起来很明艳。

我进去，他只抬起头来向我笑了笑，然后低下头去继续工作，仿佛是把我打入了那三四个人里边去。我既不认识他们，又不想跟他们讲话，只好呆呆的坐在那里。

那些人都年纪在四十以上，有的已留下胡子。听他们所说的，看他们的神气，我断定他们都是一种票友。看他们的衣服，他们大概都是衙门里的小官儿，在家里和社会上也许是很热心拥护旧礼教，而主张男女授受不亲的。可是，他们来看小陈作活。他们都不野调无腔，谈吐也颇文雅，只是他们的眼老溜着小陈，带出一点于心不安而又无法克服的邪味的笑意。

他们谈话儿，小陈并不大爱插嘴，可是赶到他们一提起某某伶人，或批评某某伶人的唱法，他便放下手中的活，皱起点眉来，极注意的听着，而后神气活似黑汉，斩钉截铁的发表他的意见，话不多，可是十分的坚决，指出伶人们的缺点。他并不为自己吹腾，但是这种带着坚固的自信的批判，已经足以显出他自己的优越了。他已深信自己是独一无二的旦角，除了他简直没有人懂戏。

好容易把他们耗走，我开始说我所要说的话，为省去绕弯，我开门见山的问了他一句：“你怎样维持生活呢？”

他的脸忽然的红了，大概是想起被公司辞退出来的那点耻辱。看他回不出话来，我爽性就钉到家吧：“你是不是已有许多的债？”

他勉强的笑了一下，可是神气很坚决：“没法不欠债。不过，那不算一回事，我会去挣。假如我现在有三千块钱，作一批行头，我马上可以到上海去唱两个星期，而后，”他的眼睛亮起来，“汉口，青岛，济南，天津，统一个圈儿；回到这儿来，我就是——”他挑起大指头。

“那么容易么？”我非常不客气的问。

他看了我一眼，冷笑了一下，不屑于回答我。

“是你真相信你的本事，还是被债逼得没法不走这条路呢？比如说，你现在已欠下某人一两千块钱，去作个小事儿决不能还上，所以你想一下子去搂几千来，而那个人也往这么引领你，是不是？”

想了一会儿，犹豫了一下，咽了一口气，没回答出什么来。我知道我的话是钉到他的心窝里。

“假若真像我刚才说的。”我往下说，“你该当想一想，现在你欠他的，那么你要是‘下海’，就还得向他借。他呢，就可以管辖你一辈子，不论你挣多少钱，也永远还不清他的债，你的命就交给他了。捧起你来的人，也就是会要你命的人。你要是认为我不是吓唬你，想法子还他的钱，我帮助你，找个事作，我帮助你，从此不再玩这一套。你想想看。”

“为艺术是值得牺牲的！”他没看我，说出这么一句。

这回该我冷笑了。“是的，因为你在中学毕业，所以会说这么一句话，一句话，什么意思也没有。”

他的脸又红了。不愿再跟我说什么，因为越说他便越得气馁；他的岁数不许他承认自己的错误。他向外边喊了一声：“二妹！你坐上一壶水！”

我这才晓得他还有个妹妹，我的心中可也就更不好过了；没再说什么，我走了出去。

七

“全球驰名，第一青衫花旦陈……表演独有历史佳剧……”在报纸上，街头上，都用极大的字登布出来。我知道小陈是“下了海”。

在“打炮”的两天前，他在东海饭店招待新闻界和一些别的朋友。不知为什么，他也给了我张请帖。真不愿吃他这顿饭，可是我又要看看他，把请帖拿起又放下好几回，最后我决定去看一眼。

席上一共有七八十人，有戏界的重要人物，有新闻记者，有捧角专家，有地面上的流氓。我没大去注意这些人们，我仿佛是专为看小陈而来的。

他变了样。衣服穿得顶讲究，讲究得使人看着难过，像新娘子打扮得那么不自然，那么过火。不过，这还不算出奇；最使人惊异的是右手的无名指上戴着个钻石戒指，假若是真的，须值两三千块钱。谁送给他的呢？凭什么送给他呢？他的脸上分明的是擦了一点胭脂，还是那么削瘦，可是显出点红润来。有这点假的血色在脸上，他的言语动作仿佛都是在作戏呢；他轻轻的扭转脖子，好像唯恐损伤了那条高领子；他偏着脸向人说话，每说一句话先皱一下眉，而后嘴角用力的往上兜，故意的把腮上弄成两个小坑儿。我看着他，我的脊背上一阵阵的起鸡皮疙疸。

可是，我到底是原谅了他，因为黑汉在那里呢。黑汉是大都督，总管着一切：他拍大家的肩膀，向大家嘀咕，向小陈递眼色，劝大家喝酒，随着大家笑，出来进去，进去出来，用块极大的绸子手绢擦着黑亮的脑门，手绢上抖出一股香水味。

据说，人熊见到人便过去拉住手狂笑。我没看见过，可是我想象着那个样子必定就像这个黑汉。

黑汉把我的眼睛引到一位五十来岁的矮胖子身上去。矮胖子坐首席，黑汉对他说的话最多，虽然矮胖子并不大爱回答，可是黑汉依然很恭敬。对了，我心中一亮，我找到那个钻石戒指的来路！

再细看，我似乎认识那个胖脸。啊，想起来了，在报纸和杂志上见过：楚总长！楚总长是热心提倡“艺术”的。

不错，一定是他，因为他只喝了一杯酒，和一点汤，便离席了。黑汉和小陈都极恭敬的送出去。再回到席上，黑汉开始向大家说玩笑话了，仿佛是表示：贵人已走，大家可以随便吧。

吃了一道菜，我也溜出去了。

八

楚总长出钱，黑汉办事。小陈住着总长的别墅，有了自己的衣箱，钻石戒指，汽车。他只是摸不着钱，一切都由黑汉经手。

只要有小陈的戏，楚总长便有个包厢，有时候带着小陈的妹妹一同来：看完戏，便一同回到别墅，住下。小陈的妹妹长得可是真美。

楚总长得到个美人，黑汉落下了不少的钱，小陈得去唱戏，而且被人叫做“兔子”。

大局是这么定好了，无论是谁也无法把小陈从火坑里拉出来了。他得死在他们手里，俞先生一点也没说错。

九

事忙，我一年多没听过一次戏。小陈的戏码还常在报纸上看到，他得意与否可无从知道。

有一次，我到天津办一点事，晚上独自在旅馆里非常的无聊，便找来小报看看戏园的广告。新到的一个什么“香”，当晚有戏。我连这个什么“香”是男是女也不晓得，反正是为解闷吧，就决定去看看。对于新起来的角色，我永远不希望他得怎样的好，以免看完了失望，弄一肚子鳖扭。

这个什么“香”果然不怎么高明，排场很阔气，可是唱作都不够味儿；唱到后半截儿，简直有点支持不下去的样子。唱戏是多么不容易的事呢，我不由的想起小陈来。

正在这个时候，我看见了黑汉。他轻快的由台门闪出来，斜着身和打鼓的说了两句话，又轻快的闪了进去。

哈！又是这小子！我心里说。哼，我同时想到了，大概他已把小陈吸干了，又来耍这个什么“香”了！该死的东西!

由天津回来，我遇见了俞先生，谈着谈着便谈到了小陈，俞先生的耳朵比我的灵通，刚一提起小陈，他便叹了口气：“完喽！妹妹被那个什么总长给扔下不管了，姑娘不姑娘，太太不太太的在家里闷着。他呢，给那个黑小子挣够了钱，黑小子撒手不再管他了，连行头还让黑小子拿去多一半。谁不知道唱戏能挣钱呢，可是事儿并不那么简单容易。玩票，能被人吃光了；使黑杵，混不上粥喝；下海，谁的气也得受着，能吃饱就算不离。我全晓得，早就劝过他，可是……”俞先生似乎还有好些个话，但是只摇了摇头。

十

又过了差不多半年，我到济南有点事。小陈正在那里唱呢，他挂头牌，二牌三牌是须生和武生，角色不算很硬，可也还看得过去。这里，连由北平天桥大棚里约来的角儿还要成千论百的拿包银，那么小陈——即使我们承认他一切的弱点——总比由天桥来的强着许多了。我决定去看他的戏，仿佛也多少含着点捧捧场的意思，谁教我是他的朋友呢。

那晚上他贴的是独有的“本儿戏”，九点钟就上场，文武带打，还赠送戏词。我恰好有点事，到九点一刻才起身到戏园去，一路上我还怕太晚了点，买不到票。到九点半我到了戏园，里里外外全清锅子冷灶，由老远就听到锣鼓响，可就是看不见什么人。由卖票人的神气我就看出来，不上座儿；因为他非常的和气，一伸手就给了我张四排十一号——顶好的座位。

四排以后，我进去一看，全空着呢。两廊稀稜稜的有些人，楼上左右的包厢全空着。一眼望过去，台上被水月电照得青虚虚的，四个打旗的失了魂似的立在左右，中间坐着个穿红袍的小生，都像纸糊的。台下处处是空椅子，只在前面有一堆儿人，都像心中有点委屈似的。世上最难看的是半空的戏园子——既不像戏园，又不像任何事情，仿佛是一种梦景似的。

我坐下不大会儿，锣鼓换了响声，椅垫桌裙全换了南绣的，绣着小陈的名子。一阵锣鼓敲过，换了小锣，小陈扭了出来。没有一声碰头好——人少，谁也不好意思喊。我真要落泪！

他瘦得已不成样子。因为瘦，所以显着身量高，就像一条打扮好的刀鱼似的。

并不因为人少而敷衍，反之，他的瘦脸上带出一些高傲，坚决的神气；唱，念，作派，处处用力；越没有人叫好，他越努力；就好像那宣传宗教的那么热烈，那么不怕困苦。每唱完一段，回过头去喝水的工夫，我看见他嗽得很厉害，嗽一阵，揉一揉胸口，才转过脸来。他的嗓音还是那么窄小，可是作工已臻化境，每一抬手迈步都有尺寸，都恰到好处；耍一个身段，他便向台下打一眼，仿佛是对观众说：这还不值个好儿吗？没人叫好，始终没人喊一声好！

我忽然像发了狂，用尽了力量给他喝了几声彩。他看见了我，向我微微一点头。我一直坐到了台上吹了呜嘟嘟，虽然并没听清楚戏中情节到底是怎回事；我心中很乱。

散了戏，我跑到后台去，他还上着装便握住了我的手，他的手几乎是一把骨头。

“等我卸了装，”他笑了一下，“咱们谈一谈！”

我等了好大半天，因为他真像个姑娘，事事都作得很慢很仔细，头上的每一朵花，每一串小珠子，都极小心的往下摘，看着跟包的给收好。

我跟他到了三义栈，已是夜里一点半钟。

一进屋，他连我也不顾得招待了，躺在床上，手哆嗦着，点上了烟灯。吸了两大口，他缓了缓气：“没这个，我简直活不了啦！”

我点了点头。我想不起说什么。设若我要说话，我就要说对他有些用处的，可是就凭我这个平凡的人，怎能救得了他呢？只好听着他说吧，我仿佛成了个傻子。

又吸了一大口烟，他轻轻的掰了个橘子，放在口中一瓣。“你几儿个来的？”

我简单的告诉了他关于我自己的事，说完，我问他：“怎样？”

他笑了笑：“这里的人不懂戏！”

“赔钱？”

“当然！”他不像以前那样爱红脸了，话说得非常的自然，而且绝没有一点后悔的意思。“再唱两天吧，要还是不行，简直得把戏箱留在这儿！”

“那不就糟了？”

“谁说不是！”他嗽咳了一阵，揉了揉胸口。“玩艺好也没用，人家不听，咱有什么法儿呢？”

我要说：你的嗓子太窄，你看事太容易！可是我没说。说了又有什么用呢？他的嗓子无从改好，他的生活已入了辙，他已吸惯了烟，他已有了很重的肺病；我干吗既帮不了他，还惹他难受呢？

“在北平大概好一点？”我为是给他一点安慰。

“也不十分好，班子多，地方钱紧，也不容易，哪里也不容易！”他揉着一点橘子皮，心中不耐烦，可是要勉强着镇定。“可是，反正我对得起老郎神，玩艺地道，别的……”

是的，玩艺地道；不用说，他还是自居为第一的花旦。失败，困苦，压迫，无法摆脱，给他造成了一点自信，他只仗着这点自信活着呢。有这点自信欺骗着他自己，他什么也不怕，什么也可以一笑置之；妹妹被人家糟践了，金钱被人家骗去，自己只剩下一把骨头与很深的烟瘾；对谁也无益，对自己只招来毁灭；可是他自信玩艺儿地道。“好吧，咱们北平见吧！”我告辞走出来。

“你不等听听我的全本《凤仪亭》啦？后天就露！”他立在屋门口对我说。

我没说出什么来。

回到北平不久，我在小报上看到小陈死去的消息。他至多也不过才二十四五岁吧。

原载1937年7月1日《文艺月刊》第11卷第1号。

辑二 散文

1934年夏，老舍全家在济南南新街家中

济南的秋天

济南的秋天是诗境的。设若你的幻想中有个中古的老城，有睡着了的大城楼，有狭窄的古石路，有宽厚的石城墙，环城流着一道清溪，倒映着山影，岸上蹲着红袍绿裤的小妞儿。你的幻想中要是这么个境界，那便是济南。设若你幻想不出——许多人是不会幻想的——请到济南来看看吧。

请你在秋天来。那城，那河，那古路，那山影，是终年给你预备着的。可是，加上济南的秋色，济南由古朴的画境转入静美的诗境中了。这个诗意的秋光秋色是济南独有的。上帝把夏天的艺术赐给瑞士，把春天的赐给西湖，秋和冬的全赐给了济南。秋和冬是不好分开的，秋睡熟了一点便是冬，上帝不愿意把它忽然唤醒，所以作个整人情，连秋带冬全给了济南。

诗的境界中必须有山有水。那么，请看济南吧。那颜色不同，方向不同，高矮不同的山，在秋色中便越发的不同了。以颜色说吧，山腰中的松树是青黑的，加上秋阳的斜射，那片青黑便多出些比灰色深，比黑色浅的颜色，把旁边的黄草盖成一层灰中透黄的阴影。山脚是镶着各色条子的，一层层的，有的黄，有的灰，有的绿，有的似乎是藕荷色儿。山顶上的色儿也随着太阳的转移而不同。山顶的颜色不同还不重要，山腰中的颜色不同才真叫人想作几句诗。山腰中的颜色是永远在那儿变动，特别是在秋天，那阳光能够忽然清凉一会儿，忽然又温暖一会儿，这个变动并不激烈，可是山上的颜色觉得出这个变化，而立刻随着变换。忽然黄色更真了一些，忽然又暗了一些，忽然像有层看不见的薄雾在那儿流动，忽然像有股细风替“自然”调合着彩色，轻轻的抹上一层各色俱全而全是淡美的色道儿。有这样的山，再配上那蓝的天，晴暖的阳光；蓝得像要由蓝变绿了，可又没完全绿了；晴暖得要发燥了，可是有点凉风，正像诗一样的温柔；这便是济南的秋。况且因为颜色的不同，那山的高低也更显然了。高的更高了些，低的更低了些，山的棱角曲线在晴空中更真了，更分明了，更瘦硬了。看山顶上那个塔！

再看水。以量说，以质说，以形式说，哪儿的水能比济南？有泉——到处是泉——有河，有湖，这是由形式上分。不管是泉是河是湖，全是那么清，全是那么甜，哎呀，济南是“自然”的 Sweet heart 吧？大明湖夏日的莲花，城河的绿柳，自然是美好的了。可是看水，是要看秋水的。济南有秋山，又有秋水，这个秋才算个秋，因为秋神是在济南住家的。先不用说别的，只说水中的绿藻吧。那份儿绿色，除了上帝心中的绿色，恐怕没有别的东西能比拟的。这种鲜绿全借着水的清澄显露出来，好像美人借着镜子鉴赏自己的美。是的，这些绿藻是自己享受那水的甜美呢，不是为谁看的。它们知道它们那点绿的心事，它们终年在那儿吻着水皮，做着绿色的香梦。淘气的鸭子，用黄金的脚掌碰它们一两下。浣女的影儿，吻它们的绿叶一两下。只有这个，是它们的香甜的烦恼。羡慕死诗人呀！

在秋天，水和蓝天一样的清凉。天上微微有些白云，水上微微有些波皱。天水之间，全是清明，温暖的空气，带着一点桂花的香味。山影儿也更真了。秋山秋水虚幻的吻着。山儿不动，水儿微响。那中古的老城，带着这片秋色秋声，是济南，是诗。

要知济南的冬日如何，且听下回分解。

原载1931年3月10日《齐大月刊》第1卷第5期，原为《一些印象》中的一节，本标题系编者所加。

济南的冬天

上次说了济南的秋天，这回该说冬天。

对于一个在北平住惯的人，像我，冬天要是不刮大风，便是奇迹；济南的冬天是没有风声的。对于一个刚由伦敦回来的，像我，冬天要能看得见日光，便是怪事；济南的冬天是响晴的。自然，在热带的地方，日光是永远那么毒，响亮的天气反有点叫人害怕。可是，在北中国的冬天，而能有温晴的天气，济南真得算个宝地。

设若单单是有阳光，那也算不了出奇。请闭上眼想：一个老城，有山有水，全在蓝天下很暖和安适的睡着；只等春风来把他们唤醒，这是不是个理想的境界？

小山整把济南围了个圈儿，只有北边缺着点口儿，这一圈小山在冬天特别可爱，好像是把济南放在一个小摇篮里，它们全安静不动的低声的说：你们放心吧，这儿准保暖和。真的，济南的人们在冬天是面上含笑的。他们一看那些小山，心中便觉得有了着落，有了依靠。他们由天上看到山上，便不觉的想起：明天也许就是春天了吧？这样的温暖，今天夜里山草也许就绿起来吧？就是这点幻想不能一时实现，他们也并不着急，因为有这样慈善的冬天，干啥还希望别的呢。

最妙的是下点小雪呀。看吧，山上的矮松越发的青黑，树尖上顶着一髻儿白花，像些小日本看护妇。山尖全白了，给蓝天镶上一道银边。山坡上有的地方雪厚点，有的地方草色还露着，这样，一道儿白，一道儿暗黄，给山们穿上一件带水纹的花衣；看着看着，这件花衣好像被风儿吹动，叫你希望看见一点更美的山的肌肤。等到快日落的时候，微黄的阳光斜射在山腰上，那点薄雪好像忽然害了羞，微微露出点粉色。就是下小雪吧，济南是受不住大雪的，那些小山太秀气。

古老的济南，城内那么狭窄，城外又那么宽敞，山坡上卧着些小村庄，小村庄的房顶上卧着点雪，对，这是张小水墨画，或者是唐代的名手画的吧。

那水呢，不但不结冰，反倒在绿藻上冒着点热气。水藻真绿，把终年贮蓄的绿色全拿出来了。天儿越晴，水藻越绿，就凭这些绿的精神，水也不忍得冻上；况且那长枝的垂柳还要在水里照个影儿呢。看吧，由澄清的河水慢慢往上看吧，空中，半空中，天上，自上而下全是那么清亮，那么蓝汪汪的，整个的是块空灵的蓝水晶。这块水晶里，包着红屋顶，黄草山，像地毯上的小团花的小灰色树影；这就是冬天的济南。

树虽然没有叶儿，鸟儿可并不偷懒，看在日光下张着翅叫的百灵们。山东人是百灵鸟的崇拜者，济南是百灵的国。家家处处听得到它们的歌唱；自然，小黄鸟儿也不少，而且在百灵国内也很努力的唱。还有山喜鹊呢，成群的在树上啼，扯着浅蓝的尾巴飞。树上虽没有叶，有这些羽翎装饰着，也倒有点像西洋美女。坐在河岸上，看着它们在空中飞，听着溪水活活的流，要睡了，这是有催眠力的；不信你就试试；睡吧，决冻不着你。

要知后事如何，我自己也不知道。

原载 1931 年 4 月 10 日《齐大月刊》第 1 卷第 6 期，原为《一些印象》中的一节，本标题系编者所加。

非正式的公园

济南的公园似乎没有引动我描写它的力量，虽然我还想写那么一两句；现在我要写的地方，虽不是公园，可是确比公园强的多，所以——非正式的公园；关于那正式的公园，只好，虽然还想写那么一两句，待之将来。

这个地方便是齐鲁大学，专从风景上看。齐大在济南的南关外，空气自然比城里的新鲜，这已得到成个公园的最要条件。花木多，又有了成个公园的资格。确是有许多人到那里玩，意思是拿它当作——非正式的公园。

逛这个非正式的公园以夏天为最好。春天花多，秋天树叶美，但是只在夏天才有“景”，冬天没有什么特色。

当夏天，进了校门便看见一座绿楼，楼前一大片绿草地，楼的四围全是绿树，绿树的尖上浮着一两个山峰，因为绿树太密了，所以看不见树后的房子与山腰，使你猜不到绿荫后边还有什么；深密伟大，你不由的深吸一口气。绿楼？真的，“爬山虎”的深绿肥大的叶一层一层的把楼盖满，只露着几个白边的窗户；每阵小风，使那层层的绿叶掀动，横着竖着都动得有规律，一片壁立的绿浪。

往里走吧，沿着草地——草地边上不少的小蓝花呢——到了那绿荫深处。这里都是枫树，树下四条洁白的石凳，围着一片花池。花池里虽没有珍花异草，可是也有可观；况且往北有一条花径，全是小红玫瑰。花径的北端有两大片洋葵，深绿叶，浅红花；这两片花的后面又有一座楼，门前的白石阶栏像享受这片鲜花的神龛。楼的高处，从绿槐的密叶的间隙里看到，有一个大时辰钟。

往东西看，西边是一进校门便看见的那座楼的侧面与后面，与这座楼平行，花池东边还有一座；这两座楼的侧面山墙，也都是绿的。花径的南端是白石的礼堂，堂前开满了百日红，壁上也被绿蔓爬匀。那两座楼后，两大片草地，平坦，深绿，像两张绿毯。这两块草地的南端，又有两座楼，四围用蔷薇作成短墙。设若你坐在石凳上，无论往哪边看，视线所及不是红花，便是绿叶；就是往上下看吧：下面是绿草、红花与树影；上面是绿枫树叶。往平里看，有时从树隙花间看见女郎的一两把小白伞，有时看男人的白长衫。伞上衫上时时落上些绿的叶影。人不多，因为放暑假了。

拐过礼堂，你看见南面的群山，绿的。山前的田，绿的。一个绿海，山是那些高的绿浪。

礼堂的左右，东西两条绿径，树荫很密，几乎见不着阳光。顺着这绿径走，不论是往西往东，你看见些小的楼房，每处有个小花园。园墙都是矮松做的。

春天的花多，特别是丁香和玫瑰，但是绿得不到家。秋天的红叶美，可是草变黄了。冬天树叶落净，在园中便看见了山的大部分，又欠深远的意味。只有夏天，一切颜色消沉在绿的中间，由地上一直绿到树上浮着的绿山峰，成功以绿为主色的一景。

原载 1932 年 7 月 2 日《华年》第 1 卷第 12 期。

趵突泉的欣赏

千佛山、大明湖和趵突泉，是济南的三大名胜。现在单讲趵突泉。

在西门外的桥上，便看见一溪活水，清浅，鲜洁，由南向北的流着。这就是由趵突泉流出来的。设若没有这泉，济南定会丢失了一半的美。但是泉的所在地并不是我们理想中的一个美景。这又是个中国人的征服自然的办法，那就是说，凡是自然的恩赐交到中国人手里就会把它弄得丑陋不堪。这块地方已经成了个市场。南门外是一片喊声，几阵臭气，从卖大碗面条与肉包子的棚子里出来。进了门有个小院，差不多是四方的。这里，“一毛钱四块！”和“两毛钱一双！”的喊声，与外面的“吃来”联成一片。一座假山，奇丑；穿过山洞，接联不断的棚子与地摊，东洋布，东洋磁，东洋玩具，东洋……加劲的表示着中国人怎样热烈的“不”抵制劣货。这里很不易走过去，乡下人一群跟着一群的来提倡日货，把路塞住。他们没有例外的全张着嘴，葱味四射。没有例外的全买一件东西还三次价，走开又回来摸索四五次。小脚妇女更了不得，你往左躲，她往左扭；你往右躲，她往右扭，反正不许你痛快的过去。

到了泉池，北岸上一座神殿，南西东三面全是唱鼓书的茶棚，唱的多半是梨花大鼓，一声“哟”要拉长几分钟，猛听颇像产科医院的病室。除了茶棚还是日货摊子——说点别的吧！

泉太好了。泉池差不多见方，三个泉口偏西，北边便是条小溪流向西门去。看那三个大泉，一年四季，昼夜不停，老那么翻滚。你立定呆呆的看三分钟，你便觉出自然的伟大，使你不敢再正眼去看。永远那么纯洁，永远那么活泼，永远那么鲜明，冒，冒，冒，永不疲乏，永不退缩，只是自然有这样的力量！冬天更好，泉上起了一片热气，白而轻软，在深绿的长草藻上飘荡着，使你不由的想起一种似乎神秘的境界。

池边还有小泉呢：有的像大鱼吐水，极轻快的上来一串水泡；有的像一串明珠，走到中途又歪下去，真像一串珍珠在水里斜放着；有的半天才上来一个水泡，大，扁一点，慢慢的，有姿态的，摇动上来；碎了；看，又来了一个！有的好几串小碎珠一齐挤上来，像一朵攒整齐的珠花，雪白。有的……这比那大泉还更有味。

新近为增加河水的水量，又下了六根铁管，做成六个泉眼，水流得也很旺，但是我还是爱那原来的三个。

看完了泉，再往北走，经过一些货摊，便出了北门。

前年冬天一把大火把泉池南边的棚子都烧了。有机会改造了！造成一个公园，各处安着喷水管！东边作个游泳池！有许多人这样的盼望。可是，席棚又搭好了，渐次改成了木板棚；乡下人只知道趵突泉，把摊子移到“商场”去（就离趵突泉几步）买卖就受损失了；于是“商场”四大皆空，还叫趵突泉作日货销售场；也许有道理。

原载 1932 年 8 月 6 日《华年》第 1 卷第 17 期。

抬头见喜

对于时节，我向来不特别的注意。拿清明说吧，上坟烧纸不必非我去不可，又搭着不常住在家乡，所以每逢看见柳枝发青便晓得快到了清明，或者是已经过去。对重阳也是这样，生平没在九月九登过高，于是重阳和清明一样的没有多大作用。

端阳，中秋，新年，三个大节可不能这么马虎过去。即使我故意躲着它们，账条是不会忘记了我的。也奇怪，一个无名之辈，到了三节会有许多人惦记着，不但来信，送账条，而且要找上门来！

设若故意躲着借款，着急，设计自杀等等，而专讲三节的热闹有趣那一面儿，我似乎是最喜爱中秋。“似乎”，因为我实在不敢说准了。幼年时，中秋必是个很可喜的节，要不然我怎么还记得清清楚楚那些“兔儿爷”的样子呢？有“兔儿爷”玩，这个节必是过得十二分有劲。可是从另一方面说，至少有三次喝醉是在中秋；酒入愁肠呀！所以说“似乎”最喜爱中秋。

事真凑巧，这三次“非杨贵妃式”的醉酒我还都记得很清楚。那么，就说上一说呀。第一次是在北平，我正住在翊教寺一家公寓里。好友卢嵩庵从柳泉居运来一坛子“竹叶青”。又约来两位朋友——内中有一位是不会喝的——大家就抄起茶碗来。坛子虽大，架不住茶碗一个劲进攻；月亮还没上来，坛子已空。干什么去呢？打牌玩吧。各拿出铜元百枚，约合大洋七角多，因这是古时候的事了。第一把牌将立起来，不晓得——至今还不晓得——我怎么上了床。牌必是没打成，因为我一睁眼已经红日东升了。

第二次是在天津，和朱荫棠在同福楼吃饭，各饮绿茵陈二两。吃完饭，到一家茶肆去品茗。我朝窗坐着，看见了一轮明月，我就吐了。这回决不是酒的作用，毛病是在月亮。

第三次是在伦敦。那里的秋月是什么样子，我说不上来——也许根本没有月亮其物。中国工人俱乐部里有多人凑热闹，我和沈刚伯也去喝酒。我们俩喝了两瓶葡萄酒。酒是用葡萄还是葡萄叶儿酿的，不可得而知，反正价钱很便宜；我们俩自古至今总没作过财主。喝完，各自回寓所。一上公众汽车，我的脚忽然长了眼睛，专找别人的脚尖去踩。这回可不是月亮的毛病。

对于中秋，大致如此——无论如何也不能说它坏。就此打住。

至若端阳，似乎可有可无。粽子，不爱吃。城隍爷现在也不出巡；即使再出巡，大概也没有跟随着走几里路的兴趣。樱桃真是好东西，可惜被黑白桑葚给带累坏了。

新年最热闹，也最没劲，我对它老是冷淡的。自从一记事儿起，家中就似乎很穷。爆竹总是听别人放，我们自己是静寂无哗。记得最真的是家中一张《王羲之换鹅》图。每逢除夕，母亲必把它从个神秘的地方找出来，挂在堂屋里。姑母就给说那个故事；到如今还不十分明白这故事到底有什么意思，只觉得“王羲之”三个字倒很响亮好听。后来入学，读了《兰亭序》，我告诉先生，王羲之是在我的家里。

长大了些，记得有一年的除夕，大概是光绪三十年前的一、二年，母亲在院中接神，雪已下了一尺多厚。高香烧起，雪片由漆黑的空中落下，落到火光的圈里，非常的白，紧接着飞到火苗的附近，舞出些金光，即行消灭；先下来的灭了，上面又紧跟着下来许多，像一把“太平花”倒放。我还记着这个。我也的确感觉到，那年的神仙一定是真由天上回到世间。

中学的时期是最忧郁的，四五个新年中只记得一个，最凄凉的一个。那是头一次改用阳历，旧历的除夕必须回学校去，不准请假。姑母刚死两个多月，她和我们同住了三十年的样子。她有时候很厉害，但大体上说，她很爱我。

哥哥当差，不能回来。家中只剩母亲一人。我在四点多钟回到家中，母亲并没有把“王羲之”找出来。吃过晚饭，我不能不告诉母亲了——我还得回校。她楞了半天，没说什么。我慢慢的走出去，她跟着走到街门。摸着袋中的几个铜子，我不知道走了多少时候，才走到了学校。路上必是很热闹，可是我并没看见，我似乎失了感觉。到了学校，学监先生正在学监室门口站着。他先问的我：“回来了？”我行了个礼。他点了点头，笑着叫了我一声：“你还回去吧。”这一笑，永远印在我心中。假如我将来死后能入天堂，我必把这一笑带给上帝去看。

我好像没走就又到了家，母亲正对着一枝红烛坐着呢。她的泪不轻易落，她又慈善又刚强。见我回来了，她脸上有了笑容，拿出一个细草纸包儿来：“给你买的杂拌儿，刚才一忙，也忘了给你。”母子好像有千言万语，只是没精神说。早早的就睡了。母亲也没接神。

中学毕业以后，新年，除了为还债着急，似乎已和我不发生关系。我在哪里，除夕便由我照管着哪里。别人都回家去过年，我老是早早关上门，在床上听着爆竹响。平日我也好吃个嘴儿，到了新年反倒想不起弄点什么吃，连酒也不喝。在爆竹稍静下些的时节，我老看见些过去的苦境。可是我既不落泪，也不狂歌，我只静静的躺着。躺着躺着，多咱烛光在壁上幻出一个“抬头见喜”，那就快睡去了。

原载 1934 年 1 月《良友》(画报)第 84 号。

避暑

英美的小资产阶级，到夏天若不避暑，是件很丢人的事。于是，避暑差不多成为离家几天的意思，暑避了与否倒不在话下。城里的人到海边去，乡下人上城里来；城里若是热，乡下人干吗来？若是不热，城里的人为何不老老实实的在家里歇着？这就难说了。再看海边吧，各样杂耍，似赶集开庙一般，男女老幼，闹闹吵吵，比在家中还累得慌。原来暑本无须避，而面子不能不圆上；夏天总得走这么几日，要不然便受不了亲友的盘问。谁也知道，海边的小旅馆每每一间小屋睡大小五口；这只好尽在不言中。

手中更富裕的，讲究到外国来。这更少与避暑有关。巴黎夏天比伦敦热得多，而巴黎走走究竟体面不小。花几个钱，长些见识，受点热也还值得。可是咱们这儿所说的人们，在未走以前已经决定好自己的文化比别国高，而回来之后只为增高在亲友中的身份——“刚由巴黎回来；那群法国人！”

到中国做事的西人，自然更不能忘了这一套。在北戴河，有三家凑赁一所小房的，住上二天，大家的享受正如圈里的羊。自然也有很阔气的，真是去避暑；可是这样的人大概在哪里也不见得感到热，有钱呀。有钱能使鬼推磨，难道不能使鬼做冰激凌吗？这总而言之，都有点装着玩。外国人装蒜，中国人要是不学，便算不了摩登。于是自从皇上被免职以后，中国人也讲究避暑。北平的西山，青岛，和其他的地方，都和洋钱有同样的响声。还有特意到天津或上海玩玩的，也归在避暑项下；谁受罪谁知道。

暑，从哲学上讲，是不应当避的。人要把暑都避了，老天爷还要暑干吗？农人要都去避暑，粮食可还有的吃？再退一步讲，手里有钱，暑不可不避，因为它暑。这自然可以讲得通，不过为避暑而急得四脖子汗流，便大可以不必。到避暑期间而闹得人仰马翻，便根本不如在家里和谁打上一架。

所以我的避暑法便很简单——家里蹲。第一不去坐火车；为避暑而先坐二十四小时的特别热车，以便到目的地去治上吐下泻，我就不那么傻。第二不扶老携幼去张心：比如上山，带着四个小孩，说不定会有三个半滚了坡的。山上的空气确是清新，可是下得山来，孩子都成了瘸子，也与教育宗旨不甚相合。即使没有摔坏，反正还不吓一身汗？这身汗哪里出不了，单上山去出？第三不用搬家。你说，一家大小都去避暑，得带多少东西？即使出发的时候力求简单，到了地方可就明白过来，啊，没有给小二带乳瓶来！买去吧，哼，该买的东西多了！三叔的固元膏忘下了，此处没有卖的，而不贴则三叔就泻肚；得发快信托朋友给寄！及至东西都慢慢买全，也该回家了，往回运吧，有什么可说的！

一个人去自然简单些，可是你留神吧，你的暑气还没落下去，家里的电报到了——急速回家！赶回来吧，原来没事，只是尊夫人不放心你！本来吗，一个人在海岸上溜，尊夫人能放心吗？她又不是没看过美人鱼的照片。

大家去，独自去，都不好；最好是不去。一动不如一静，心静自然凉。况且一切应用的东西都在手底下：凉席，竹枕，蒲扇，烟卷，万应锭，小二的乳瓶……要什么伸手即得，这就是个乐子。渴了有绿豆汤，饿了有烧饼，闷了念书或作两句诗。早早的起来，晚晚的睡，到了晌午再补上一大觉；光脚没人管，赤背也不违警章，喝几口随便，喝两盅也行。有风便荫凉下坐着，没风则勤扇着，暑也可以避了。

这种避暑有两点不舒服：（一）没把钱花了；（二）怕人问你。都有办法：买点暑药送苦人，或是赈灾，即使不是有心积德，到底钱是不必非花在青岛不可的。至于怕有人问，你可以不见客，等秋来的时候，他们问你，很可以这样说："老没见，上莫干山住了三个多月。"如能把孩子们嘱咐好了，或者不至漏了底。

原载1934年8月1日《论语》第46期。

落花生

我是个谦卑的人。但是，口袋里装上四个铜板的落花生，一边走一边吃，我开始觉得比秦始皇还骄傲。假若有人问我：“你要是作了皇上，你怎么享受呢？”简直的不必思索，我就答得出：“派四个大臣拿着两块钱的铜子，爱买多少花生吃就买多少！”

什么东西都有个幸与不幸。不知道为什么瓜子比花生的名气大。你说，凭良心说，瓜子有什么吃头？它夹你的舌头，塞你的牙，激起你的怒气——因为一咬就碎；就是幸而没碎，也不过是那么小小的一片，不解饿，没味道，劳民伤财，布尔乔亚！你看落花生：大大方方的，浅白麻子，细腰，曲线美。这还只是看外貌。弄开看：一胎儿两个或者三个粉红的胖小子。脱去粉红的衫儿，象牙色的豆瓣一对对的抱着，上边儿还结着吻。那个光滑，那个水灵，那个香喷喷的，碰到牙上那个干松酥软！白嘴吃也好，就酒喝也好，放在舌上当槟榔含着也好。写文章的时候，三四个花生可以代替一支香烟，而且有益无损。

种类还多呢：大花生，小花生，大花生米，小花生米，糖饯的，炒的，煮的，炸的，各有各的风味，而都好吃。

下雨阴天，煮上些小花生，放点盐；来四两玫瑰露；够作好几首诗的。瓜子可给诗的灵感？冬夜，早早的躺在被窝里，看着《水浒》，枕旁放着些花生米；花生米的香味，在舌上，在鼻尖；被窝里的暖气，武松打虎……这便是天国！冬天在路上，刮着冷风，或下着雪，袋里有些花生使你心中有了主儿。掏出一个来，剥了，慌忙往口中送，闭着嘴嚼，风或雪立刻不那么厉害了。况且，一个二十岁以上的人肯神仙似的，无忧无虑的，随随便便的，在街上一边走一边吃花生，这个人将来要是作了宰相或度支部尚书，他是不会有官僚气与贪财的。他若是作了皇上，必是朴俭温和直爽天真的一位皇上，没错。吃瓜子的照例不在街上走着吃，所以我不给他保这个险。

至于家中要是有小孩儿，花生简直比什么也重要。不但可以吃，而且能拿它们玩。夹在耳唇上当环子，几个小姑娘就能办很大的一回喜事。小男孩若找不着玻璃球儿，花生也可以当弹儿。玩法还多着呢。玩了之后，剥开再吃，也还不脏。两个大子儿的花生可以玩半天；给他们些瓜子试试。

论样子，论味道，栗子其实满有势派儿。可是它没有落花生那点家常的“自己”劲儿。栗子跟人没有交情，仿佛是。核桃也不行，榛子就更显着疏远。落花生在哪里都有人缘，自天子以至庶人都跟它是朋友；这不容易。

在英国，花生叫作“猴豆”——Monkey nuts。人们到动物园去才带上一包，去喂猴子。花生在这个国里真不算很光荣，可是我亲眼看见去喂猴子的人——小孩就更不用提了——偷偷的也往自己口中送这猴豆。花生和苹果好像一样的有点魔力，假如你知道苹果的典故；我这儿确是用着典故。

美国吃花生的不限于猴子。我记得有位美国姑娘，在到中国来的时候，把几只皮箱的空处都填满了花生，大概凑起来总够十来斤吧，怕是到中国吃不着这种宝物。美国姑娘都这样重看花生，可见它确是有价值；按照哥伦比亚的哲学博士的辩证法看，这当然没有误儿。

花生大概还跟婚礼有点关系，一时我可想不起来是怎么个办法了；不是新娘子在轿里吃花生，不是；反正是什么什么春吧——你可晓得这个典故？其实花轿里真放上一包花生米，新娘子未必不一边落泪一边嚼着。

原载 1935 年 1 月 20 日《漫画生活》第 5 期。

春风

济南与青岛是多么不相同的地方呢！一个设若比作穿肥袖马褂的老先生，那一个便应当是摩登的少女。可是这两处不无相似之点。拿气候说吧，济南的夏天可以热死人，而青岛是有名的避暑所在；冬天，济南也比青岛冷。但是，两地的春秋颇有点相同。济南到春天多风，青岛也是这样；济南的秋天是长而晴美，青岛亦然。

对于秋天，我不知应爱哪里的：济南的秋是在山上，青岛的是海边。济南是抱在小山里的；到了秋天，小山上的草色在黄绿之间，松是绿的，别的树叶差不多都是红与黄的。就是那没树木的山上，也增多了颜色——日影、草色、石层，三者能配合出种种的条纹，种种的影色。配上那光暖的蓝空，我觉到一种舒适安全，只想在山坡上似睡非睡的躺着，躺到永远。青岛的山——虽然怪秀美——不能与海相抗，秋海的波还是春样的绿，可是被清凉的蓝空给开拓出老远，平日看不见的小岛清楚的点在帆外。这远到天边的绿水使我不愿思想而不得不思想；一种无目的的思虑，要思虑而心中反倒空虚了些。济南的秋给我安全之感，青岛的秋引起我甜美的悲哀。我不知应当爱哪个。

两地的春可都被风给吹毁了。所谓春风，似乎应当温柔，轻吻着柳枝，微微吹皱了水面，偷偷的传送花香，同情的轻轻掀起禽鸟的羽毛。济南与青岛的春风都太粗猛。济南的风每每在丁香海棠开花的时候把天刮黄，什么也看不见，连花都埋在黄暗中。青岛的风少一些沙土，可是狡猾，在已很暖的时节忽然来一阵或一天的冷风，把一切都送回冬天去，棉衣不敢脱，花儿不敢开，海边翻着愁浪。

两地的风都有时候整天整夜的刮。春夜的微风送来雁叫，使人似乎多些希望。整夜的大风，门响窗户动，使人不英雄的把头埋在被子里；即使无害，也似乎不应该如此。对于我，特别觉得难堪。我生在北方，听惯了风，可也最怕风。听是听惯了，因为听惯才知道那个难受劲儿。它老使我坐卧不安，心中游游摸摸的，干什么不好，不干什么也不好。它常常打断我的希望：听见风响，我懒得出门，觉得寒冷，心中渺茫。春天仿佛应当有生气，应当有花草，这样的野风几乎是不可原谅的！我倒不是个弱不禁风的人，虽然身体不很足壮。我能受苦，只是受不住风。别种的苦处，多少是在一个地方，多少有个原因，多少可以设法减除；对风是干没办法。总不在一个地方，到处随时使我的脑子晃动，像怒海上的船。它使我说不出为什么苦痛，而且没法子避免。它自由的刮，我死受着苦。我不能和风去讲理或吵架。单单在春天刮这样的风！可是跟谁讲理去呢？苏杭的春天应当没有这不得人心的风吧？我不准知道，而希望如此。好有个地方去“避风”呀！

原载 1935 年 3 月 24 日《益世报·益世小品》。

想北平

设若让我写一本小说，以北平作背景，我不至于害怕，因为我可以捡着我知道的写，而躲开我所不知道的。让我单摆浮搁的讲一套北平，我没办法。北平的地方那么大，事情那么多，我知道的真觉太少了，虽然我生在那里，一直到廿七岁才离开。以名胜说，我没到过陶然亭，这多可笑！以此类推，我所知道的那点只是“我的北平”，而我的北平大概等于牛的一毛。

可是，我真爱北平。这个爱几乎是要说而说不出的。我爱我的母亲。怎样爱？我说不出。在我想作一件讨她老人家喜欢的时候，我独自微微的笑着；在我想到她的健康而不放心的时候，我欲落泪。言语是不够表现我的心情的，只有独自微笑或落泪才足以把内心揭露在外面一些来。我之爱北平也近乎这个。夸奖这个古城的某一点是容易的，可是那就把北平看得太小了。我所爱的北平不是枝枝节节的一些什么，而是整个儿与我的心灵相粘合的一段历史，一大块地方，多少风景名胜，从雨后什刹海的蜻蜓一直到我梦里的玉泉山的塔影，都积凑到一块，每一小的事件中有个我，我的每一思念中有个北平，这只有说不出而已。

真愿成为诗人，把一切好听好看的字都浸在自己的心血里，像杜鹃似的啼出北平的俊伟。啊！我不是诗人！我将永远道不出我的爱，一种像由音乐与图画所引起的爱。这不但是辜负了北平，也对不住我自己，因为我的最初的知识与印象都得自北平，它是在我的血里，我的性格与脾气里有许多地方是这古城所赐给的。我不能爱上海与天津，因为我心中有个北平。可是我说不出来！

伦敦，巴黎，罗马与堪司坦丁堡，曾被称为欧洲的四大“历史的都城”。我知道一些伦敦的情形；巴黎与罗马只是到过而已；堪司坦丁堡根本没有去过。就伦敦，巴黎，罗马来说，巴黎更近似北平——虽然“近似”两字要拉扯得很远——不过，假使让我“家住巴黎”，我一定会和没有家一样的感到寂苦。巴黎，据我看，还太热闹。自然，那里也有空旷静寂的地方，可是又未免太旷；不像北平那样既复杂而又有个边际，使我能摸着——那长着红酸枣的老城墙！面向着积水潭，背后是城墙，坐在石上看水中的小蝌蚪或苇叶上的嫩蜻蜓，我可以快乐的坐一天，心中完全安适，无所求也无可怕，像小儿安睡在摇篮里。是的，北平也有热闹的地方，但是它和太极拳相似，动中有静。巴黎有许多地方使人疲乏，所以咖啡与酒是必要的，以便刺激；在北平，有温和的香片茶就够了。

论说巴黎的布置已比伦敦罗马匀调的多了，可是比上北平还差点事儿。北平在人为之中显出自然，几乎是什么地方既不挤得慌，又不太僻静：最小的胡同里的房子也有院子与树；最空旷的地方也离买卖街与住宅区不远。这种分配法可以算——在我的经验中——天下第一了。北平的好处不在处处设备得完全，而在它处处有空儿，可以使人自由的喘气；不在有好些美丽的建筑，而在建筑的四围都有空闲的地方，使它们成为美景。每一个城楼，每一个牌楼，都可以从老远就看见。况且在街上还可以看见北山与西山呢！

好学的，爱古物的，人们自然喜欢北平，因为这里书多古物多。我不好学，也没钱买古物。对于物质上，我却喜爱北平的花多菜多果子多。花草是费钱的玩艺，可是此地的“草花儿”很便宜，而且家家有院子，可以花不多的钱而种一院子花，即使算不了什么，可是到底可爱呀。墙上的牵牛，墙根的靠山竹与草茉莉，是多么省钱省事而也足以招来蝴蝶呀！至于青菜，白菜，扁豆，毛豆角，黄瓜，菠菜等等，大多数是直接由城外担来而送到家门口的。雨后，韭菜叶上还往往带着雨时溅起的泥点。青菜摊子上的红红绿绿几乎有诗似的美丽。果子有不少是由西山与北山来的，西山的沙果，海棠，北山的黑枣，柿子，进了城还带着一层白霜儿呀！哼，美国的橘子包着纸；遇到北平的带霜儿的玉李，还不愧杀！

是的，北平是个都城，而能有好多自己产生的花，菜，水果，这就使人更接近了自然。从它里面说，它没有像伦敦的那些成天冒烟的工厂；从外面说，它紧连着园林，菜圃与农村。采菊东篱下，在这里，确是可以悠然见南山的；大概把“南”字变个“西”或“北”，也没有多少了不得的吧。像我这样的一个贫寒的人，或者只有在北平能享受一点清福了。

好，不再说了吧；要落泪了，真想念北平呀！

原载 1936 年 6 月 16 日《宇宙风》第 19 期。

代语堂先生拟赴美宣传大纲

话说林语堂先生，头戴纱帽盔，上面两个大红丝线结子；遮目的是一对崂山水晶墨镜，完全接近自然，一点不合科学的制法。身上穿着一件宝蓝团龙老纱大衫，铜钮扣，没有领子——因为反对洋服的硬领，所以更进一步的爽性光着脖子。脚上一双青大缎千层底圆口皂鞋，脚脖儿上豆青的绸带扎住裤口。右手里一把斑竹八根架纸扇，一面画的是淡墨山水，一面自己写的一小段舒白香游山日记——写得非常的好，因为每个字旁都由林先生自己画了双圈。左手提着云南制的水烟袋，托子是珐琅的，非常的古艳。

林先生的身上自然还有别的东西，一一的说来未免有点烦絮；总而言之，他身上没有一件足以惹人怀疑是否国产的物品。这倒不全为提倡国货；每一件东西都是顶古雅精美的，顺手儿也宣传着东方文化。

林先生本打算雇一条带帆的渔船，或西湖上的游艇，在太平洋里一面钓着鱼，一面缓缓前进。这个办法既足以证实他的艺术生活，又足以使两个老渔夫或一对船娘能自食其力的挣口饭吃——后者恐怕是这个计划的主要目的。不过，即使大家都不怕慢，走上三五个月满不在乎，可是小船——虽然是那么有画意——恐怕干不过海洋里的风浪。真要是把老渔夫或船娘都喂了海鱼，未免有悖于人道主义。算了吧，只好坐海船吧。

为减少轮船上的俗气与洋味，林先生带着个十岁的小书童：头上梳着两个抓髻，系着鲜红的头绳。林先生坐在甲板上的藤椅上，书童捧着瑶琴一旁侍立。琴上无弦，省得去弹；只是个“意思”而已。

一“海”无话，林先生吃得胖胖的，就到了美国。船一到码头，新闻记者如蜜蜂一般拥上前来，全是找林先生的。林先生命书童点起檀香，提着景泰蓝香炉在前引路，徐徐的前进。新闻记者围上前来，林先生深感不快，乃曼声曰：“吾乃——‘吾国吾民’之著者是也！没别的可说！”众畏其威，乃退。不过，林先生的相，在他没甚留神的时候，已被他们照了去；在当日的晚报就登印出来。

歇兵三日，林先生拟出宣传大纲：

一、男人应否怕老婆——阳纲不振为西方文化之大毛病。予之来所以使懦夫立也——林先生的文字是文言与白话两掺着的，特别是在草拟大纲的时候。公鸡打鸣，母鸡生蛋，天然有别。不可强易。男女平等，本是男的种田，女的纺线，各尽其职之谓。反之，像英美各国，男儿拼命挣钱，老婆不管洗衣作饭；哪道婚姻，什么平等！

妇道不修，于是在恋爱之前已打听好怎样离婚，以便争取生活费，哀哉！中国古圣先贤都说夫为妻纲，已预知此害；西方无此种圣人，故大吃其亏。宜速迎东方活圣人一位，封为国师！

二、男人怎样可以不怕老婆——在今日的中国，怕老婆者穿洋服。与夫人同行，代她拿伞，抱孩子。洋服者，西洋之服，自古已然，怕老婆非一日矣！为今之计，西洋男子应马上改穿中服，以免万劫茫茫。中服威严，虽贾波林穿上亦无局促瘦窘之相。望而生畏，女人不敢大发雌威矣。中服舒服，男人知道求舒服，女人即知责任之所在；反之，自上锁镣，硬领皮鞋，以示甘受苦刑，则女人见景生情，必使跪着顶灯！猛醒吧，西洋男子！中服使人安详自在。气度安详，则威而不猛，增高身分。譬若老婆发了命令，穿大衫之丈夫可漫应之，Yes，dear；而许久不动，直至对方把命令改成央求，乃徐徐起立。穿西服之丈夫鲜能为此：洋服表示干净利落之精神，一闻令下，必须疾驱而前，显出敏捷脆快；Yes，dear，未及说完，早已一道闪光而去，脸上笑容充满宇宙。久之，夫人并发令之劳且厌之，而眉指颐使，丈夫遂成了专看眼神的动物！这还了得，西洋男子必须革命！

三、中西文化及其苍蝇——东方人的闲适，使苍蝇也得到自由；西方人的固执，苍蝇大受压迫。世界大同，虽是个理想，但总有实现之一日。以苍蝇言，在大同主义之下，必有其东方的自由，而受过西方科学的洗礼；“明日”之苍蝇必为消毒的苍蝇，活泼泼的而不负传染恶疾的责任。此事虽小，足以喻大；明乎此，可与言东西文化之交映成辉矣。（此项下还有许多节目，如中西文化及其蜈蚣，中西文化及其青蛙等，即不备录。）

四、东西的艺术及其将来：西方的艺术大体上说来，总免不了表现肉感，裸体画与雕刻是最明显的例子。东方的艺术，反之，却表现着清涤肉感，而给现实生活一些云烟林水之气。由这一点上来看，西方的精神是斑斓猛虎，有它的猛勇，活跃，及直爽；东方的精神是淡远的秋林，有它的安闲，静恬，及含蓄。这样说来，仿佛各有所长，船多并不碍江。可是细那么一想，则东方的精神实在是西方文化的矫正，特别是在都市文化发达到出了毛病的时候——像今日。西方今日之需要静恬，就是没别的更好的办法，至少也须常常看到一种秋江夕照的图画（如林先生扇子上所画的那个），常常听到一种平沙落雁的音乐，而把客厅里悬着的大光眼儿，二光眼儿，一律暂时收起。光屁股艺术有它的直爽与健康，但乐园的亚当与夏娃并非只以一丝不挂为荣，还有林花虫蝶之乐。况且假若他俩多注意些花鸟之趣，而一心无邪，恐怕到如今还住在那里——闲着画几幅山水儿什么的，给天使们鉴赏，岂不甚好？！

五、吾国与吾民——有书为证，顶好大家手执一册，焚香静读，你们多得些知识，我多收点版税，两有益的事儿。

六、幽默的意义与技巧——专为美国大学生讲；女生暂不招待，以使听完不懂得发笑，大杀风景。

七、中国今日的文艺——专为研究比较文学的讲演，听讲时须各携烟斗或香烟与洋火。讲题：(1)《论语》的创始与发展。(2)《人间世》的生灭。(3)《宇宙风》怎样刮风。

原载1936年8月5日《逸经》第11期。

我的理想家庭

一个二十多岁的小伙子，讲恋爱，讲革命，讲志愿，似乎天地之间，唯我独尊，简直想不到组织家庭——结婚既是爱的坟墓，家庭根本上是英雄好汉的累赘。及至过了三十，革命成功与否，事情好歹不论，反正领略够了人情世故，壮气就差点事儿了。虽然明知家庭之累，等于投胎为马为牛，可是人生总不过如此，多少也都得经验一番，既不坚持独身，结婚倒也还容易。于是发帖子请客，笑着开驶倒车，苦乐容或相抵，反正至少凑个热闹。到了四十，儿女已有二三，贫也好富也好，自己认头苦曳，对于年轻的朋友已经有好些个事儿说不到一处，而劝告他们老老实实的结婚，好早生儿养女，即是话不投缘的一例。到了这个年纪，设若还有理想，必是理想的家庭。倒退二十年，连这么一想也觉泄气。人生的矛盾可笑即在于此，年轻力壮，力求事事出轨，决不甘为火车；及至中年，心理的，生理的，种种理的什么什么，都使他不但非作火车不可，且作货车焉。把当初与现在一比较，判若两人，足够自己笑半天的！或有例外，实不多见。

明年我就四十了，已具说理想家庭的资格：大不必吹，盖亦自嘲。

我的理想家庭要有七间小平房：一间是客厅，古玩字画全非必要，只要几张很舒服宽松的椅子，一二小桌。一间书房，书籍不少，不管什么头版与古本，而都是我所爱读的。一张书桌，桌面是中国漆的，放上热茶杯不至烫成个圆白印儿。文具不讲究，可是都很好用。桌上老有一两枝鲜花，插在小瓶里。两间卧室，我独据一间，没有臭虫，而有一张极大极软的床。在这个床上，横睡直睡都可以，不论怎睡都一躺下就舒服合适，好像陷在棉花堆里，一点也不硬碰骨头。还有一间，是预备给客人住的。此外是一间厨房，一个厕所，没有下房，因为根本不预备用仆人。家中不要电话，不要播音机，不要留声机，不要麻将牌，不要风扇，不要保险柜。缺乏的东西本来很多，不过这几项是故意不要的，有人白送给我也不要。

院子必须很大。靠墙有几株小果木树。除了一块长方的土地，平坦无草，足够打开太极拳的，其他的地方就都种着花草——没有一种珍贵费事的，只求昌茂多花。屋中至少有一只花猫，院中至少也有一两盆金鱼；小树上悬着小笼，二三绿蝈蝈随意地鸣着。

这就该说到人了。屋子不多，又不要仆人，人口自然不能很多：一妻和一儿一女就正合适。先生管擦地板与玻璃，打扫院子，收拾花木，给鱼换水，给蝈蝈一两块绿王瓜或几个毛豆；并管上街送信买书等事宜。太太管做饭，女儿任助手——顶好是十二三岁，不准小也不准大，老是十二三岁。儿子顶好是三岁，既会讲话，又胖胖的会淘气。母女于做饭之外，就做点针线，看小弟弟。大件衣服拿到外边去洗，小件的随时自己涮一涮。

既然有这么多工作，自然就没有多少工夫去听戏看电影。不过在过生日的时候，全家就出去玩半天；接一位亲或友的老太太给看家。过生日什么的永远不请客受礼，亲友家送来的红白帖子，就一概扔在字纸篓里，除非那真需要帮助的，才送一些干礼去。到过节过年的时候，吃食从丰，而且可以买一通纸牌，大家打打“索儿胡”，赌铁蚕豆或花生米。

男的没有固定的职业；只是每天写点诗或小说，每千字卖上四五十元钱。女的也没事做，除了家务就读些书。儿女永不上学，由父母教给画图，唱歌，跳舞——乱蹦也算一种舞法——和文字，手工之类。等到他们长大，或者也会仗着绘画或写文章卖一点钱吃饭；不过这是后话，顶好暂且不提。

这一家子人，因为吃得简单干净，而一天到晚又不闲着，所以身体都很不坏。因为身体好，所以没有肝火，大家都不爱闹脾气。除了为小猫上房，金鱼甩子等事着急之外，谁也不急吃白脸的。

大家的相貌也都很体面，不令人望而生厌。衣服可并不讲究，都做得很结实朴素：永远不穿又臭又硬的皮鞋。男的很体面，可不露电影明星气；女的很健美，可不红唇卷毛的鼻子朝着天。孩子们都不卷着舌头说话，淘气而不讨厌。

这个家庭顶好是在北平，其次是成都或青岛，至坏也得在苏州。无论怎样吧，反正必须在中国，因为中国是顶文明顶平安的国家；理想的家庭必在理想的国内也。

原载 1936 年 11 月 16 日《论语》第 100 期。

有了小孩以后

艺术家应以艺术为妻，实际上就是当一辈子光棍儿。在下闲暇无事，往往写些小说，虽一回还没自居过文艺家，却也感觉到家庭的累赘。每逢困于油盐酱醋的灾难中，就想到独人一身，自己吃饱便天下太平，岂不妙哉。

家庭之累，大半由儿女造成。先不用提教养的花费，只就淘气哭闹而言，已足使人心慌意乱。小女三岁，专会等我不在屋中，在我的稿子上画圈拉杠，且美其名曰“小济会写字”！把人要气没了脉，她到底还是有理！再不然，我刚想起一句好的，在脑中盘旋，自信足以愧死莎士比亚，假若能写出来的话。当是时也，小济拉拉我的肘，低声说：“上公园看猴？”于是我至今还未成莎士比亚。小儿一岁整，还不会“写字”，也不晓得去看猴，但善亲亲，闭眼，张口展览上下四个小牙。我若没事，请求他闭眼，露牙，小胖子总会东指西指的打岔。赶到我拿起笔来，他那一套全来了，不但亲脸，闭眼，还“指”令我也得表演这几招。有什么办法呢？！

这还算好的。赶到小济午后不睡，按着也不睡，那才难办。到这么四点来钟吧，她的困闹开始，到五点钟我已没有人味。什么也不对，连公园的猴都变成了臭的，而且猴之所以臭，也应当由我负责。小胖子也有这种困而不睡的时候，大概多数是与小济同时发难。两位小醉鬼一齐找毛病，我就是诸葛亮恐怕也得唱空城计，一点办法没有！在这种干等束手被擒的时候，偏偏会来一两封快信——催稿子！我也只好闹脾气了。不大一会儿，把太太也闹急了，一家大小四口，都成了醉鬼，其热闹至为惊人。大人声言离婚，小孩怎说怎不是，于离婚的争辩中瞎打混。一直到七点后，二位小天使已困得动不的，离婚的宣言才无形的撤销。这还算好的。遇上小胖子出牙，那才真教厉害，不但白天没有情理，夜里还得上夜班。一会儿一醒，若被针扎了似的惊啼，他出牙，谁也不用打算睡。他的牙出利落了，大家全成了红眼虎。

不过，这一点也不妨碍家庭中爱的发展，人生的巧妙似乎就在这里。记得 Frank Harris 仿佛有过这么点记载：他说王尔德为那件不名誉的案子过堂被审，一开头他侃侃而谈，语多幽默。及至原告提出几个男妓作证人，王尔德没了脉，非失败不可了。Harris 以为王尔德必会说："我是个戏剧家，为观察人生，什么样的人都当交往。假若我不和这些人接触，我从哪里去找戏剧中的人物呢？"可是，王尔德竟自没这么答辩，官司就算输了！

把王尔德且放在一边；艺术家得多去经验，Harris 的意见，假若不是特为王尔德而发的，的确是不错。连家庭之累也是如此。还拿小孩们说吧——这才来到正题——爱他们吧，嫌他们吧，无论怎说，也是极可宝贵的经验。

在没有小孩的时候，一个人的世界还是未曾发现美洲的时候的。小孩是科仑布，把人带到新大陆去。这个新大陆并不很远，就在熟习的街道上和家里。你看，街市上给我预备的，在没有小孩的时候，似乎只有理发馆，饭铺，书店，邮政局等。我想不出婴儿医院，糖食店，玩具铺等等的意义。连药房里的许许多多婴儿用的药和粉，报纸上婴儿自己药片的广告，百货店里的小袜子小鞋，都显着多此一举，劳而无功。及至小天使自天飞降，我的眼睛似乎戴上了一双放大镜，街市依然那样，跟我有关系的东西可是不知增加了多少倍！婴儿医院不但挂着牌子，敢情里边还有医生呢。不但有医生，还是挺神气，一点也得罪不得。拿着医生所给的神符，到药房去，敢情那些小瓶子小罐都有作用。不但要买瓶子里的白汁黄面和各色的药饼，还得买瓶子罐子，轧粉的钵，量奶的漏斗，乳头，卫生尿布，玩艺多多了！百货店里那些小衣帽，小家具，也都有了意义；原先以为多此一举的东西，如今都成了非它不行；有时候铺中缺乏了我所要的那一件小物品，我还大有看不起他们的意思：既是百货店，怎能不预备这件东西呢？！慢慢的，全街上的铺子，除了金店与古玩铺，都有了我的足迹；连当铺也走得怪熟。铺中人也渐渐熟识了，甚至可以随便闲谈，以小孩为中心，谈得颇有味儿。伙计们，掌柜们，原来不仅是站柜作买卖，家中还有小孩呢！有的铺子，竟自敢允许我欠账，仿佛一有了小孩，我的人格也好了些，能被人信任。三节的账条来得很踊跃，使我明白了过节过年的时候怎样出汗。

小孩使世界扩大，使隐藏着的东西都显露出来。非有小孩不能明白这个。看着别人家的孩子，肥肥胖胖，整整齐齐，你总觉得小孩们理应如此，一生下来就戴着小帽，穿着小袄，好像小雏鸡生下来就披着一身黄绒似的。赶到自己有了小孩，才能晓得事情并不这么简单。一个小娃娃身上穿戴着全世界的工商业所能供给的，给全家人以一切啼笑爱怨的经验，小孩的确是位小活神仙！

有了小活神仙，家里才会热闹。窗台上，我一向认为是摆花的地方。夏天呢，开着窗，风儿轻轻吹动花与叶，屋中一阵阵的清香。冬天呢，阳光射到花上，使全屋中有些颜色与生气。后来，有了小孩，那些花盆很神秘的都不见了，窗台上满是瓶子罐子，数不清有多少。尿布有时候上了写字台，奶瓶倒在书架上。大扫除才有了意义，是的，到时候非痛痛快快的收拾一顿不可了，要不然东西就有把人埋起来的危险。上次大扫除的时候，我由床底下找到了但丁的《神曲》。不知道这老家伙干吗在那里藏着玩呢！

人的数目也增多了，而且有很多问题。在没有小孩的时候，用一个仆人就够了，现在至少得用俩。以前，仆人“拿糖”，满可以暂时不用；没人作饭，就外边去吃，谁也不用拿捏谁。有了小孩，这点豪气乘早收起去。三天没人洗尿布，屋里就不要再进来人。牛奶等项是非有人管理不可，有儿方知卫生难，奶瓶子一天就得烫五六次；没仆人简直不行！有仆人就得捣乱，没办法！

好多没办法的事都得马上有办法，小孩子不会等着“国联”慢慢解决儿童问题。这就长了经验。半夜里去买药，药铺的门上原来有个小口，可以交钱拿药，早先我就不晓得这一招。西药房里敢情也打价钱，不等他开口，我就提出：“还是四毛五？”这个“还是”使我省五分钱，而且落个行家。这又是一招。找老妈子有作坊，当票儿到期还可以入利延期，也都被我学会。没功夫细想，大概自从有了儿女以后，我所得的经验至少比一张大学文凭所能给我的多着许多。大学文凭是由课本里掏出来的，现在我却念着一本活书，没有头儿。

连我自己的身体现在都会变形，经小孩们的指挥，我得去装马装牛，还须装得像个样儿。不但装牛像牛，我也学会牛的忍性，小胖子觉得“开步走”有意思，我就得百走不厌；只作一回，绝对不行。多咱他改了主意，多咱我才能“立正”。在这里，我体验出母性的伟大，觉得打老婆的人们满该下狱。

中秋节前来了个老道，不要米，不要钱，只问有小孩没有？看见了小胖子，老道高了兴，说十四那天早晨须给小胖子左腕上系一根红线。备清水一碗，烧高香三炷，必能消灾除难。右邻家的老太太也出来看，老道问她有小孩没有，她惨淡的摇了摇头。到了十四那天，倒是这位老太太的提醒，小胖子的左腕上才拴了一圈红线。小孩子征服了老道与邻家老太太。一看胖手腕的红线，我觉得比写完一本伟大的作品还骄傲，于是上街买了两尊兔子王，感到老道，红线，兔子王，都有绝大的意义！

原载 1936 年 11 月 25 日《谈风》第 3 期。

我的几个房东

初到伦敦，经艾温士教授的介绍，住在了离“城”有十多英里的一个人家里。房主人是两位老姑娘。大姑娘有点傻气，腿上常闹湿气，所以身心都不大有用。家务统由妹妹操持，她勤苦诚实，且受过相当的教育。

她们的父亲是开面包房的，死后，把面包房给了儿子，给二女一人一处小房子。她们卖出一所，把钱存在银行生息。其余的一所，就由她们合住。妹妹本可以去作，也真作过，家庭教师。可是因为姐姐需人照管，所以不出去作事，而把楼上的两间屋子租给单身的男人，进些租金。这给妹妹许多工作，她得给大家作早餐晚饭，得上街买东西，得收拾房间，得给大家洗小衣裳，得记账。这些，已足使任何一个女子累得喘不过气来。可是她于这些工作外，还得答复朋友的信，读一两段圣经，和作些针线。

她这种勤苦忠诚，倒还不是我所佩服的。我真佩服她那点独立的精神。她的哥开着面包房，到圣诞节才送给妹妹一块大鸡蛋糕！她决不去求他的帮助，就是对那一块大鸡蛋糕，她也马上还礼，送给她哥一点有用的小物件。当我快回国时去看她，她的背已很弯，发也有些白的了。

自然，这种独立的精神是由资本主义的社会制度逼出来的，可是，我到底不能不佩服她。

在她那里住过一冬，我搬到伦敦的西部去。这回是与一个叫艾支顿的合租一层楼。所以事实上我所要说的是这个艾支顿——称他为二房东都勉强一些——而不是真正的房东。我与他一气在那里住了三年。

这个人的父亲是牧师，他自己可不信宗教。当他很年轻的时候，他和一个女子由家中逃出来，在伦敦结了婚，生了三四个小孩。他有相当的聪明，好读书。专就文字方面上说，他会拉丁文，希腊文，德文，法文，程度都不坏。英文，他写得非常的漂亮。他作过一两本讲教育的书，即使内容上不怎样，他的文字之美是公认的事实。我愿意同他住在一起，差不多是为学些地道好英文。在大战时，他去投军。因为心脏弱，报不上名。他硬挤了进去。见到了军官，凭他的谈吐与学识，自然不会被叉去帐外。一来二去，他升到中校，差不多等于中国的旅长了。

战后，他拿了一笔不小的遣散费，回到伦敦，重整旧业，他又去教书。为充实学识，还到过维也纳听弗洛衣德（现通译为弗洛伊德）的心理学。后来就在牛津的补习学校教书。这个学校是为工人们预备的，仿佛有点像国内的暑期学校，不过目的不在补习升学的功课。作这种学校的教员，自然没有什么地位，可是实利上并不坏：一年只作半年的事，薪水也并不很低。这个，大概是他的黄金“时代”。以身份言，中校；以学识言，有著作；以生活言，有个清闲舒服的事情。

也正是在这个时候，他和一位美国女子发生了恋爱。她出自名家，有硕士的学位。来伦敦游玩，遇上了他。她的学识正好补足他的，她是学经济的；他在补习学校演讲关于经济的问题，她就给他预备稿子。

他的夫人告了。离婚案刚一提到法厅，补习学校便免了他的职。这种案子在牛津与剑桥还是闹不得的！离婚案成立，他得到自由，但须按月供给夫人一些钱。

在我遇到他的时候，他正极狼狈。自己没有事，除了夫妇的花销，还得供给原配。幸而硕士找到了事，两份儿家都由她支持着。他空有学问，找不到事。可是两家的感情渐渐的改善，两位夫人见了面，他每月给第一位夫人送钱也是亲自去，他的女儿也肯来找他。这个，可救不了穷。穷，他还很会花钱。作过几年军官，他挥霍惯了。钱一到他手里便不会老实。他爱买书，爱吸好烟，有时候还得喝一盅。我在东方学院遇见了他，他到那里学华语；不知他怎么弄到手里几镑钱。便出了这个主意。见到我，他说彼此交换知识，我多教他些中文，他教我些英文，岂不甚好？

为学习的方便，顶好是住在一处，假若我出房钱，他就供给我饭食。我点了头，他便找了房。

艾支顿夫人真可怜。她早晨起来，便得作好早饭。吃完，她急忙去作工，拼命的追公共汽车；永远不等车站稳就跳上去，有时把腿碰得紫里蒿青。五点下工，又得给我们作晚饭。她的烹调本事不算高明，我俩一有点不爱吃的表示，她便立刻泪在眼眶里转。有时候，艾支顿卖了一本旧书或一张画，手中攥着点钱，笑着请我们出去吃一顿。有时候我看她太疲乏了，就请他俩吃顿中国饭。在这种时节，她喜欢得像小孩子似的。

他的朋友多数和他的情形差不多。我还记得几位：有一位是个年轻的工人，谈吐很好，可是时常失业，一点也不是他的错儿，怎奈工厂时开时闭。他自然的是个社会主义者，每逢来看艾支顿，他俩便粗着脖子红着脸的争辩。艾支顿也很有口才，不过与其说他是为政治主张而争辩，还不如说是为争辩而争辩。还有一位小老头也常来，他顶可爱。德文，意大利文，西班牙文，他都能读能写能讲，但是找不到事作；闲着没事，他只为一家磁砖厂吆喝买卖，拿一点扣头。另一位老者，常上我们这一带来给人家擦玻璃，也是我们的朋友。这个老头是位博士。赶上我们在家，他便一边擦着玻璃，一边和我们讨论文学与哲学。孔子的哲学，泰戈尔的诗，他都读过，不用说西方的作家了。

只提这么三位吧，在他们的身上使我感到工商资本主义的社会的崩溃与罪恶。他们都有知识，有能力，可是被那个社会制度捆住了手，使他们抓不到面包。成千论万的人是这样，而且有远不及他们三个的！找个事情真比登天还难！

艾支顿一直闲了三年。我们那层楼的租约是三年为限。住满了，房东要加租，我们就分离开，因为再找那样便宜，和恰好够三个人住的房子，是大不容易的。虽然不在一块儿住了，可是还时常见面。艾支顿只要手里有够看电影的钱，便立刻打电话请我去看电影。即使一个礼拜，他的手中彻底的空空如也，他也会约我到家里去吃一顿饭。自然，我去的时候也老给他们买些东西。这一点上，他不像普通的英国人，他好请朋友，也很坦然的接受朋友的约请与馈赠。有许多地方，他都带出点浪漫劲儿，但他到底是个英国人，不能完全放弃绅士的气派。

直到我回国的时际，他才找到了事——在一家大书局里作顾问，荐举大陆上与美国的书籍，经书局核准，他再找人去翻译或——若是美国的书——出英国版。我离开英国后，听说他已被那个书局聘为编辑员。

离开他们夫妇，我住了半年的公寓，不便细说；房东与房客除了交租金时见一面，没有一点别的关系。在公寓里，晚饭得出去吃，既费钱，又麻烦，所以我又去找房间。这回是在伦敦南部找到一间房子，房东是老夫妇，带着个女儿。

这个老头儿——达尔曼先生——是干什么的，至今我还不清楚。一来我只在那儿住了半年，二来英国人不喜欢谈私事，三来达尔曼先生不爱说话，所以我始终没得机会打听。偶尔由老夫妇谈话中听到一两句，仿佛他是木器行的，专给人家设计作家具。他身边常带着尺。但是我不敢说肯定的话。

半年的工夫，我听熟了他三段话——他不大爱说话，但是一高兴就离不开这三段，像留声机片似的，永远不改。第一段是贵族巴来，由非洲弄来的钻石，一小铁筒一小铁筒的！每一块上都有个记号！第二段是他作过两次陪审员，非常的光荣！第三段是大战时，一个伤兵没能给一个军官行礼，被军官打了一拳。及至看明了那是个伤兵，军官跑得比兔子还快；不然的话，非教街上的给打死不可！

除了这三段而外，假若他还有什么说的，便是重述《晨报》上的消息与意见。凡是《晨报》所说的都对！

这个老头儿是地道英国的小市民，有房，有点积蓄，勤苦，干净，什么也不知道，只晓得自己的工作是神圣的，英国人是世界上最好的人。

达尔曼太太是女性的达尔曼先生，她的意见不但得自

《晨报》，而且是由达尔曼先生口中念出的那几段《晨报》，她没工夫自己去看报。

达尔曼姑娘只看《晨报》上的广告。有一回，或者是因为看我老拿着本书，她向我借一本小说。随手的我给了她一本威尔思的幽默故事。念了一段，她的脸都气紫了！我赶紧出去在报摊上给她找了本六个便士的罗曼司，内容大概是一个女招待嫁了个男招待，后来才发现这个男招待是位伯爵的承继人。这本小书使她对我又有了笑脸。

她没事作，所以在分类广告上登了一小段广告——教授跳舞。她的技术如何，我不晓得，不过她声明愿减收半费教给我的时候，我没出声。把知识变成金钱，是她，和一切小市民的格言。

她有点苦闷，没有男朋友约她出去玩耍，往往吃完晚饭便假装头疼，跑到楼上去睡觉。婚姻问题在那经济不景气的国度里，真是个没法办的问题。我看她恐怕要窝在家里！“房东太太的女儿”往往成为留学生的夫人，这是留什么外史一类小说的好材料；其实，里面的意义并不止是留学生的荒唐呀。

原载 1936 年 12 月 1 日《西风》第 4 期。

考而不死是为神

考试制度是一切制度里最好的，它能把人支使得不像人了，而把脑子严格的分成若干小块块。一块装历史，一块装化学，一块……

比如早半天考代数，下午考历史，在午饭的前后你得把脑子放在两个抽屉里，中间连一点缝子也没有才行。设若你把 X+Y 和一八二八弄到一处，或者找唐朝的指数，你的分数恐怕是要在二十上下。你要晓得，状元得来个一百分呀。得这么着：上午，你的一切得是代数，仿佛连你是黄帝的子孙，和姓字名谁，全根本不晓得。你就像刚由方程式里钻出来，全身的血脉都是 X 和 Y。赶到刚一交卷，你立刻成了历史，向来没听说过代数是什么。亚力山大、秦始皇等就是你的爱人，连他们的生日是某年某月某时都知道。代数与历史千万别联宗，也别默想二者的有无关系，你是赴考呀，赴考的期间你别自居为人，你是个会吐代数、吐历史的机器。

这样考下去，你把各样功课都吐个不大离，好了，你可以现原形了；睡上一天一夜，醒来一切茫然，代数历史化学诸般武艺通通忘掉，你这才想起"妹妹我爱你"。这是种蛇脱皮的工作，旧皮脱尽才能自由；不然，你这条蛇不会得到文凭，就是你爱妹妹，妹妹也不爱你，准的。

最难的是考作文。在化学与物理中间，忽然叫你“人生于世”。你的脑子本来已分成若干小块，分得四四方方，清清楚楚，忽然来了个没有准地方的东西，东扑扑个空，西扑扑个空，除了出汗没有合适的办法。你的心已冷两三天，忽然叫你拿出情绪作用，要痛快淋漓，慷慨激昂，假如题目是“爱国论”，或“天下兴亡匹夫有责”；你的心要是不跳吧，笔下便无血无泪；跳吧，下午还考物理呢。把定律们都跳出去，或是跳个乱七八糟，爱国是爱了，而定律一乱则没有人替你整理，怎办？幸而不是爱国论，是山中消夏记，心无须跳了。可是，得有诗意呀。仿佛考完代数你更文雅了似的！假如你能逃出这一关去，你便大有希望了，够分不够的，反正你死不了了。被“人生于世”憋死，不是什么稀罕的事。

说回来，考试制度还是最好的制度。被考死的自然无须再提。假若考而不死，你放胆活下去吧，这已明明告诉你，你是十世童男转身。

原载 1934 年 7 月 1 日《论语》第 44 期。

谈幽默

“幽默”这个字在字典上有十来个不同的定义。还是把字典放下，让咱们随便谈吧。据我看，它首要的是一种心态。我们知道，有许多人是神经过敏的，每每以过度的感情看事，而不肯容人。这样人假若是文艺作家，他的作品中必含着强烈的刺激性，或牢骚，或伤感；他老看别人不顺眼，而愿使大家都随着他自己走，或是对自己的遭遇不满，而伤感的自怜。反之，幽默的人便不这样，他既不呼号叫骂，看别人都不是东西，也不顾影自怜，看自己如一活宝贝。他是由事事中看出可笑之点，而技巧的写出来。他自己看出人间的缺欠，也愿使别人看到。不但仅是看到，他还承认人类的缺欠；于是人人有可笑之处，他自己也非例外，再往大处一想，人寿百年，而企图无限，根本矛盾可笑。于是笑里带着同情，而幽默乃通于深奥。所以Thackeray（萨克雷）说：“幽默的写家是要唤醒与指导你的爱心，怜悯，善意——你的恨恶不实在，假装，作伪——你的同情与弱者，穷者，被压迫者，不快乐者。”

Walpole（沃波尔）说：“幽默者‘看’事，悲剧家‘觉’之。”这句话更能补证上面的一段。我们细心“看”事物，总可以发现些缺欠可笑之处；及至钉着坑儿去咂摸，便要悲观了。

我们应再进一步的问，除了上面这点说明，能不能再清楚一些的认识幽默呢？好吧，我们先拿出几个与它相近，而且往往与它相关的几个字，与它比一比，或者可以稍微的使我们清楚一点。反语（irony），讽刺（satire），机智（wit），滑稽剧（farce），奇趣（whimsicality），这几个字都和幽默有相当的关系。我们先说那个最难讲的——奇趣。这个字在应用上是很松泛的，无论什么样子的打趣与奇想都可以用这个字来表示，《西游记》的奇事，《镜花缘》中的冒险，《庄子》的寓言，都可以叫作奇趣。可是，在分析文艺品类的时候，往往以奇趣与幽默放在一处，如《现代小说的研究》的著者 Marble（马布尔）便把 Whimsicality and humour（奇趣和幽默）作为一类。这大概是因为奇趣的范围很广，为方便起见，就把幽默也加了进去。一般地说，幻想的作品——即使是别有目的——不能不利用幽默，以便使文字生动有趣；所以这二者——奇趣与幽默——就往往成了一家人。这个，简直不但不能帮忙我们看明何为幽默，反倒使我更糊涂了。不过，有一点可是很清楚：就是文字要生动有趣，必须利用幽默。在这里，我们没弄清幽默是什么，可是明白幽默很重要的一个效用。假若干燥，晦涩，无趣，是文艺的致命伤；幽默便有了很大的重要；这就是它之所以成为文艺的因素之一的缘故吧。

至于反语，便和幽默有些不同了；虽然它俩还是可以联合在一处的东西。反语是暗示出一种冲突。这就是说，一句中有两个相反的意思，所要说的真意却不在话内，而是暗示出来的。《史记》上载着这么回事：秦始皇要修个大园子，优旃对他说："好哇，多多搜集飞禽走兽，等敌人从东方来的时候，就叫麋鹿去挡一阵，满好！"这个话，在表面上，是顺着始皇的意思说的。可是咱们和始皇都能听出其中的真意；不管咱们怎样吧，反正始皇就没再提造园的事。优旃的话便是反语。它比幽默要轻妙冷静一些。它也能引起我们的笑，可是得明白了它的真意以后才能笑。它在文艺中，特别是小品文中，是风格轻妙，引人微笑的助成者。据会古希腊语的说：这个字原意便是"说"，以别于"意"。因此，这个字还有个较实在的用处——在文艺中描写人生的矛盾与冲突，直以此字的含意用之人生上，而不只在文字上声东击西。在悲剧中，或小说中，聪明的人每每落在自己的陷阱里，聪明反被聪明误；这个，和与此相类的矛盾，普遍被称为 Sophoclean irony（索福克里斯的反语）。不过，这与幽默是没什么关系的。

现在说讽刺。讽刺必须幽默，但它比幽默厉害。它必须用极锐利的口吻说出来，给人一种极强烈的冷嘲；它不使我们痛快的笑，而是使我们淡淡的一笑，笑完因反省而面红过耳。讽刺家故意的使我们不同情于他所描写的人或事。在它的领域里，反语的应用似乎较多于幽默，因为反语也是冷静的。讽刺家的心态好似是看透了这个世界，而去极巧妙的攻击人类的短处，如《海外轩渠录》，如《镜花缘》中的一部分，都是这种心态的表现。幽默者的心是热的，讽刺家的心是冷的；因此，讽刺多是破坏的。马克·吐温（Mark Twain）可以被人形容作："粗壮，心宽，有天赋的用字之才，使我们一齐发笑。他以草原的野火与西方的泥土建设起他的真实的罗曼司，指示给我们，在一切重要之点上我们都是一样的。"这是个幽默者。让咱们来看看讽刺家是什么样子吧。好，看看 Swift（斯威夫特）这个家伙；当他赞美自己的作品时，他这么说："好上帝。我写那本书的时候，我是何等的一个天才呀！"在他廿六岁的时候，他希望他的诗能够："每一行会刺，会炸，像短刃与火。"是的，幽默与讽刺二者常常在一块儿露面，不易分划开；可是，幽默者与讽刺家的心态，大体上是有很清楚的区别的。幽默者有个热心肠儿，讽刺家则时常由婉刺而进为笑骂与嘲弄。在文艺的形式上也可以看出二者的区别来：作品可以整个的叫作讽刺，一出戏或一部小说都可以在书名下注明 a satire。幽默不能这样。“幽默的”至多不过是形容作品的可笑，并不足以说明内容的含意如何。“一个讽刺”——a satire——则分明是有计划的，整本大套的讥讽或嘲骂。一本讽刺的戏剧或小说，必有个道德的目的，以笑来矫正或诛伐。幽默的作品也能有道德的目的，但不必一定如此。讽刺因道德目的而必须毒辣不留情，幽默则宽泛一些，也就宽厚一些，它可以讽刺，也可以不讽刺，一高兴还可以什么也不为而只求和大家笑一场。

机智是什么呢？它是用极聪明的，极锐利的言语，来道出像格言似的东西，使人读了心跳。中国的老子庄子都有这种聪明。讽刺已经很厉害了，可到底要设法从旁面攻击；至于机智则是劈面一刀，登时见血。“圣人不死，大盗不止！”这才够味儿。不论这个道理如何，它的说法的锐敏就够使人跳起来的了。有机智的人大概是看出一条真理，便毫不含糊的写出来；幽默的人是看出可笑的事而技巧的写出来；前者纯用理智，后者则赖想象来帮忙。Chesterton（切斯特顿）说：“在事物中看出一贯的，是有机智的。在事物中看出不一贯的，是个幽默者。”这样，机智的应用，自然在讽刺中比在幽默中多，因为幽默者的心态较为温厚，而讽刺与机智则要显出个人思想的优越。

滑稽戏——Farce——在中国的老话儿里应叫作“闹

戏”，如《瞎子逛灯》之类。这种东西没有多少意思，不过是充分的作出可笑的局面，引人发笑。在影戏的短片中，什么把一套碟子都摔在头上，什么把汽车开进墙里去，就是这种东西。这是幽默发了疯；它抓住幽默的一点原理与技巧而充分的去发展，不管别的，只管逗笑，假若机智是感诉理智的，闹戏则仗着身体的摔打乱闹。喜剧批评生命，闹戏是故意招笑。假若幽默也可以分等的话，这是最下级的幽默。因为它要摔打乱闹的行动，所以在舞台上较易表现；在小说与诗中几乎没有什么地位。不过，在近代幽默短篇小说里往往只为逗笑，而忽略了——或根本缺乏——那“笑的哲人”的态度。这种作品使我们笑得肚痛，但是除了对读者的身体也许有点益处——笑为化食糖呀——而外，恐怕任什么也没有了。

有上面这一点粗略的分析，我们现在或者清楚一些了：反语是似是而非，借此说彼；幽默有时候也有弦外之音，但不必老这个样子。讽刺是文艺的一格，诗，戏剧，小说，都可以整篇的被呼为 a satire；幽默在态度上没有讽刺这样厉害，在文体上也不这样严整。机智是将世事人心放在 X 光线下照透，幽默则不带这种超越的态度，而似乎把人都看成兄弟，大家都有短处。闹戏是幽默的一种，但不甚高明。

拿几句话作例子，也许就更能清楚一些：

今天贴了标语，明天中国就强起来——反语。

君子国的标语："之乎者也"——讽刺。

标语是弱者的广告——机智。

张三把"提倡国货"的标语贴在祖坟上——滑稽；再加上些贴标语时怎样摔跟头等等招笑的行动，就成了闹戏。

张三把"打倒帝国主义走狗"贴成"走狗打倒帝国主义"——幽默；这个张三贴一天的标语也许才挣三毛小洋，贴错了当然要受罚；我们笑这种贴法，可是很可怜张三。

这几个例子摆在纸面上也许能帮助我们分别的认清它们，但在事实上是不易这样分划开的。从性质上说，机智与讽刺不易分开，讽刺也有时候要利用闹戏；至于幽默，就更难独立。从一篇文章上说，一篇幽默的文字也许利用各种方法，很难纯粹。我们简直可以把这些都包括在幽默之内，而把它们看成各种手法与情调。我们这样分析它们与其说是为从形式上分别得清楚，还不如说是为表明幽默——大概的说——有它特具的心态。

所谓幽默的心态就是一视同仁的好笑的心态。有这种心态的人虽不必是个艺术家，他还是能在行为上言语上思想上表现出这个幽默态度。这种态度是人生里很可宝贵的，因为它表现着心怀宽大。一个会笑，而且能笑自己的人，决不会为件小事而急躁怀恨。往小了说，他决不会因为自己的孩子挨了邻儿一拳，而去打邻儿的爸爸。往大了说，他决不会因为战胜政敌而去请清兵。褊狭，自是，是“四海兄弟”这个理想的大障碍；幽默专治此病。嬉皮笑脸并非幽默；和颜悦色，心宽气朗，才是幽默。一个幽默写家对于世事，如入异国观光，事事有趣。他指出世人的愚笨可怜，也指出那可爱的小古怪地点。世上最伟大的人，最有理想的人，也许正是最愚而可笑的人，堂吉诃德先生即一好例。幽默的写家会同情于一个满街追帽子的大胖子，也同情——因为他明白——那攻打风磨的愚人的真诚与伟大。

原载 1936 年 8 月 16 日《宇宙风》第 23 期。

“幽默”的危险

这里所说的危险，不是“幽默”足以祸国殃民的那一套。

最容易利用的幽默技巧是摆弄文字，“岂有此埋”代替了“岂有此理”，“莫名其妙”会变成了“莫名其土地堂”；还有什么故意把字用在错地方，或有趣的写个白字，或将成语颠倒过来用，或把诗句改换上一两个字，或巧弄双关语……都是想在文字里找出缝子，使人开开心，露露自家的聪明。这种手段并不怎么大逆不道，不过它显然的是专在字面上用工夫，所以往往有些油腔滑调；而油腔滑调正是一般人所谓的“幽默”，也就是正人君子所以为理当诛伐的。这个，可也不是这里所要说的。

假若“幽默”也会有等级的话，摆弄文字是初级的，浮浅的；它的确抓到了引人发笑的方法，可是工夫都放在调动文字上，并没有更深的意义，油腔滑调乃必不可免。这种方法若使得巧妙一些，便可以把很不好开口说的事说得文雅一些，“雀入大水化为蛤”一变成“雀入大蛤化为水”仿佛就在一群老翰林面前也大可以讲讲的。虽然这种办法不永远与狎亵相通，可是要把狎亵弄成雅俗共赏，这的确是个好方法。这就该说到狎亵了：我们花钱去听相声，去听小曲；我们当正经话已说完而不便都正襟危坐的时候，不知怎么便说起不大好意思的笑话来了。相声，小曲，和不大好意思的笑话，都是整批的贩卖狎亵，而大家也觉得“幽默”了一下。在幽默的文艺里，如 Aristophanes（阿里斯托芬），如 Rabelais（拉伯雷），如 Boccaccio（薄伽丘），都大大方方的写出后人得用 ×× 印出来的事儿。据批评家看呢，有的以为这种粗莽爽利的写法适足以表示出写家的大方不拘，无论怎样也比那扭扭捏捏的暗示强，暗透消息是最不健康的。（或者《西厢记》与《红楼梦》比《金瓶梅》更能害人吧？）有的可就说，这种粗糙的东西，也该划入低级幽默，实无足取。这个，且当个悬案放在这里，它有无危险，是高是低，随它去吧；这又不是这里所要说的。

来到正文。我所要说的，是我自己体验出的一点道理：

幽默的人，据说，会郑重的去思索，而不会郑重的写出来；他老要嘻嘻哈哈。假若这是真的，幽默写家便只能写实，而不能浪漫。不能浪漫，在这高谈意识正确，与希望革命一下子就成功的时期，便颇糟心。那意识正确的战士，因为希望革命一下子成功，会把英雄真写成个英雄，从里到外都白热化，一点也不含糊，像块精金。一个幽默的人，反之，从整部人类史中，从全世界上，找不出这么块精金来；他若看见一位战士为督战而踢了同志两脚，似乎便有点可笑；一笑可就泄了气。幽默真是要不得的！

浪漫的人会悲观，也会乐观；幽默的人只会悲观，因为他最后的领悟是人生的矛盾——想用七尺之躯，战胜一切，结果却只躺在不很体面的木匣里，像颗大谷粒似的埋在地下。他真爱人爱物，可是人生这笔大账，他算得也特别清楚。笑吧，明天你死。于是，他有点像小孩似的，明知顽皮就得挨打，可是还不能不顽皮。因此，他有时候可爱，有时候讨人嫌；在革命期间，他总是讨人嫌的，以至被正人君子与战士视如眼中钉，非砍了头不解气。多么危险。

顽皮，他可是不会扯谎。他怎么笑别人也怎么笑自己。Rabelais（拉伯雷），当惹起教会的厌恶而想架火烧死他的时候，说：不用再添火了，我已经够热的了。他爱生命，不肯以身殉道，也就这么不折不扣的说出来。周作人（知堂）先生的博学，谁不知道呢，可是在《秉烛谈序言》中，他说："今日翻看唱经堂《杜诗解》——说也惭愧，我不曾读过《全唐诗》，唐人专集在书架上是有数十部，却都没有好好的看过，所有一点知识只出于选本，而且又不是什么好本子，实在无非是《唐诗三百首》之类，唱经之不登大雅之堂，更不用说了，但这正是事实……"在周先生的文章里，像这样的坦白陈述，还有许许多多。一个有幽默之感的人总扭不过去“这是事实”，他不会鼓着腮充胖子。大概是那位鬼气森森的爱兰·坡（现通译爱伦·坡）吧，专爱引证些拉丁或法文的句子，其实他并没读过原书，而是看到别人引证，他便偷偷的拉过来，充充胖子。这并不是说，浪漫者都不诚实，不过他把自己一滴眼泪都视如珍宝，那么，假充胖子也许是不可免的，他唯恐泄了气。幽默的人呢，不，不这样，他不怕泄气，只求心中好过。这么一来，他可就被人视为小丑，永远欠着点严重，不懂得什么叫作激起革命情绪。危险。

他悲观，他顽皮，他诚实；哼，他还容让人呢，这就更糟。按说，一个文人应当老眼看六路，耳听八方，有个风声草动，立刻拔出笔来，才像那么一回子事。战斗的时候，还应当撒手就是一毒气弹，不容来将通名，就给打闷了气。人家只说了他写错一个字，他马上发现那个人的祖宗写过一万个错字，骂了祖宗，子孙只好去重修家谱，还不出话来。幽默的人呀，糟心，即使他没写错那个字，也不去辩驳；“谁没有个错儿呢？”他说。这一说可就泄了大家的劲，而文坛冷冷清清矣。他不但这样容让人，就是在作品之中也是不肯赶尽杀绝。他看清了革命是怎回事，但对于某战士的鼻孔朝天，总免不了发笑。他也看资本家该打倒，可是资本家的胡子若是好看，到底还是好看。这么一来，他便动了布尔乔亚的妇人之仁，而笔下未免留些情分。于是，他自己也就该被打倒，多么危险呢。

这就是我所看出来的一点点意思，对与不对都没关系。

原载1937年5月16日《宇宙风》第41期。

兔儿爷

我好静，故怕旅行。自然，到过的地方就不多了。到的地方少，看的东西自然也就少。就是对于兔儿爷这玩艺儿也没有看过多少种。

稍为熟习的只有北方这几座城：北平，天津，济南，和青岛。在这四个名城里，一到中秋，街上便摆出兔儿爷来——就是山东人称为兔子王的泥人。兔儿爷和兔子王都是泥作的。兔脸人身，有的背后还插上纸旗，头上罩着纸伞。种类多，作工细，要算北平。山东的兔子王样式既少，手工也很糙。

泥人本有多种，可是因为不结实，所以作得都不太精细；给小儿女买玩艺儿，谁也不愿多花钱买一碰即碎的呀。兔儿爷虽也系泥人，但售出的时间只在八月节前的半个月左右，与月饼同为迎时当令的东西，故不妨作得精细一些。况且小儿女们每愿给兔儿爷上供，置之桌上，不像对待别种泥娃娃那么随便，于是也就略为减少碰碎的危险。这样，兔儿爷便获得较优越的地位，而能每年一度很漂亮的出现于街头。

中秋又到了，北平等处的兔儿爷怎样呢？

我可以想象到：那些粉脸彩衣，插旗打伞的泥人们一定还是一行行的摆在街头，为暴敌粉饰升平啊！

听说敌人这些日子，正在北平大量的焚书，几乎凡不是木版的图书都可以遭到被投入火里的厄运。学校里，人家里，都没有了书，而街头上到处摆出兔儿爷，多么好的一种布置呢！暴敌要的是傀儡呀！

友人来信，说平津大雨，连韭菜都卖到三吊钱（与重庆的“吊”同值）一束，粗粮也卖到一毛多一斤。谁还买得起兔儿爷呢？大概也就是在市上摆几天，给大家热闹热闹眼睛吧？

因而就想到那些高等汉奸，到时候，他们就必出来。正如桂花一开，兔子王便上市。他们的脸很体面，油光水滑的，只可惜鼻下有个三瓣子嘴，而头上有一对长耳朵。他们的身上也花花绿绿，足下登起粉底高靴。身腔里可是空空的，脊背有个泥团儿，为插旗伞之用；旗伞都是纸做的。他们多体面，多空虚，多没有心肝呢！他们唯一的好处似乎只在有两个泥膝，跪下很方便。

兔儿爷怕遇上淘气的孩子，左搬右弄，它脸上的粉，身上的彩，便被弄污；不幸而孩子一失手，全身便变成若干小片片了。孩子并不十分伤心，有钱便能再买一个呀。幸而支持过了中秋，并未粉碎；可又时节已过，谁还有心玩兔子王呢？最聪明的傀儡也不过是些小土片呀！那些带活气的兔子王，越漂亮，我就越替他们担心；小日本鬼子不但淘气，而且是世上最凶狠的孩子啊。兔子王的寿命无论如何过不去中秋，我真想为那些粉墨登场的傀儡们落泪了。

抗战建国须凭真实本领与浩然正气，只能迎时当令充兔子王的，不作汉奸，也是废物。那么，我们不仅当北望平津，似乎也当自省一下吧？

原载 1938 年 10 月 30 日《弹花》第 2 卷第 1 期。

鲁迅先生逝世二周年纪念

我所认识的鲁迅先生，是从他的著作中见到的，我没有与他会过面。当鲁迅先生创造出阿 Q 的时候，我还没想到到文艺界来作一名小卒，所以就没有访问求教的机会与动机。及至先生住沪，我又不喜到上海去，故又难得相见。四年前的初秋，我到上海，朋友们约我吃饭，也约先生来谈谈。可是，先生的信须由一家书店转递；他第二天派人送来信，说：昨天的信送到的太晚了。我匆匆北返，二年的工夫没能再到上海，与先生见面的机会遂永远失掉！

在一本什么文学史中（书名与著者都想不起来了），有大意是这样的一句话：“鲁迅自成一家，后起摹拟者有老舍等人。”这话说得对，也不对。不对，因为我是读了些英国的文艺之后，才决定也来试试自己的笔，狄更斯是我在那时候最爱读的，下至于乌德豪司（现通译为沃德豪斯）与哲扣布（现通译为雅各布斯）也都使我欣喜。这就难怪我一拿笔，便向幽默这边滑下来了。对，因为像阿 Q 那样的作品，后起的作家们简直没法不受他的影响；即使在文字与思想上不便去摹仿，可是至少也要得到一些启示与灵感。它的影响是普遍的。一个后起的作家，尽管说他有他自己的创作的路子，可是他良心上必定承认他欠鲁迅先生一笔债。鲁迅先生的短文与小说才真使新文艺站住了脚，能与旧文艺对抗。这样，有人说我是“鲁迅派”，我当然不愿承认，可是决不肯灭着良心否认阿 Q 的作者的伟大，与其作品的影响的普遍。

我没见过鲁迅先生，只能就着他的著作去认识他，可是现在手中连一本书也没有！不能引证什么了，凭他所给我的印象来作这篇纪念文字吧。这当然不会精密，容或还有很大的错误，可是一个人的著作能给读者以极强极深的印象，即使其中有不尽妥确之处，是多么不容易呢！看了泰山的人，不一定就认识泰山，但是泰山的高伟是他毕生所不能忘记的。他所看错的几点，并无害于泰山的伟大。

看看《鲁迅全集》的目录，大概就没人敢说：这不是个渊博的人。可是渊博二字还不是对鲁迅先生的恰好的赞词。学问渊博并不见得必是幸福。有的人，正因其渊博，博览群籍，出经入史，所以他反倒不敢道出自己的意见与主张，而取着述而不作的态度。这种人好像博物院的看守者，只能保守，而无所施展。有的人，因为对某种学问或艺术的精究博览，就慢慢的摆出学者的架子，把自己所知的那些视为研究的至上品，此外别无他物，值得探讨，自己的心得是前无古人，后无来者；假若他也喜创作的话，他必是从他所阅览过的作品中，求字字句句有出处，有根据；他“作”而不“创”。他牺牲在研究中，而且牺牲得冤枉。让我们看看鲁迅先生吧。在文艺上，他博通古今中外，可是这些学问并没把他吓住。他写古文古诗写得极好，可并不尊唐或崇汉，把自己放在某派某宗里去，以自尊自限。古体的东西他能作，新的文艺无论在理论上与实验上，他又都站在最前面；他不以对旧物的探索而阻碍对新物的创造。他对什么都有研究的趣味，而永远不被任何东西迷住心。他随时研究，随时判断。他的判断力使他无论对旧学问或新知识都敢说话。他的话，不是学究的掉书袋，而是准确的指示给人们以继续研讨的道路。

学问比他更渊博的，以前有过，以后还有；像他这样把一时代治学的方法都抓住，左右逢源的随时随事都立在领导的地位，恐怕一个世纪也难见到一两位吧。吸收了五四运动的“从新估价”的精神，他疑古反古，把每时代的东西还给每时代。博览了东西洋的文艺，他从事翻译与创作。他疑古，他也首创，他能写极好的古体诗文，也热烈的拥护新文艺，并且牵引着它前进。他是这一时代的纪念碑。在文艺上，事事他关心，事事他有很高的成就。天才比他小一点的，努力比他少一点的，只能循着一条路线前进，或精于古，或专于新；他却像十字路口的警察，指挥着全部交通。在某一点上，有人能突破他的纪录，可是有谁敢和他比比“全能”比赛呢！

也许有人会说：在文艺理论方面，鲁迅先生只尽了介绍的责任，并未曾建设出他自己的有系统的学说；而且所介绍的也显着杂乱不纯。假若这话是对的，就请想想看吧，批判别人的时候，不是往往忘却别人的努力，而老嫌人家作得不够吗？设若能看到这一点，我们不是应当看看自己，我们自己假如也把研究、创作、翻译，同时并作，像鲁迅先生那样，我们的成绩又能有多少呢？我们就是对于一位圣人，也应不客气的批评，可是我们也应当晓得批评不仅是发威，而是于批评中，取得被批评者的最良最崇高的精神，以自策自励。鲁迅先生能于整理国故而外，去介绍，去翻译，就已经是难能可贵的事。一个人的精力与天才永远不能完全与他的志愿与计划相配合，人生最大的苦痛啊！只有明知这苦痛是越来越深，而杀上前去，以身殉志的，才是英雄。鲁迅先生的精神便是永远不屈不挠，不自满，不自馁。鲁迅先生的精神能以不死，那就靠后起者也能死而后已的继续努力。抓住一位英雄的弱点以开心自慰，既无损于英雄，又无益于自己，何苦来呢！

还有人也许说，鲁迅先生的后期著作，只是一些小品文，未免可惜，假若他能闭户写作，不问外间的事，也许能写出比阿 Q 更伟大的东西，岂不更好？

是的，鲁迅先生也许能那样的写出更伟大的作品。可是，那就不成其为鲁迅先生了。希望鲁迅先生去专心著作的人，虽然用着惋惜的语调，可是心中实在暗暗的不满意！不满意他因爱护青年，帮忙青年，而用去许多时间；不满意他因好管闲事而浪费了许多笔墨。

我不晓得假若鲁迅先生关上屋门，立志写伟大的作品，能够有什么贡献；我不喜猜想。我却准知道鲁迅先生的爱护青年与好管闲事是值得钦佩的事，他有颗纯洁的心，能接近青年；他有奋斗的怒火，去管闲事。是的，先生的爱护青年，有时候近于溺爱了；可是佛连一个蚂蚁也爱呢！母亲的伟大往往使她溺爱儿女；这只有母亲自己晓得其中的意义，旁观者只能表示惋惜与不满，因为旁观者不是母亲，也就代替不了母亲，明白不了母亲，自己不是母亲，没有慈心，觉得青年们都应该严加管束，把青年们管束得像羊羔一样老实，长者才可逍遥自在的为所欲为。为长者计，这实在是不错的办法。可是，青年呢？长者的聪明往往把"将来"带到自己的棺材里去，青年成了殉葬者。鲁迅先生不是这样的长者，他宁可少写些文章，而替青年们看稿子；他宁可少享受一些，而替青年们掏钱印书，他提拔青年，因为他不肯只为自己的不朽，而把青年们活埋了。

这也许是很傻的事吧？可是最智慧的人似乎都有点傻气。

至于爱管闲事，的确使鲁迅先生得罪了不少的人。他的不留情的讽刺讥骂，实在使长者们难堪，因此也就要不得。中国人不会愤怒，也不喜别人挂火，而鲁迅先生却是最会挂火的人。假若他活到今日，我想他必不会老老实实的住在上海，而必定用他的笔时时刺着那些不会怒，不肯牺牲的人们的心。在长者们，也许暗中说句："幸而那个家伙死了。"可是，我们上哪里去找另一个鲁迅呢？我们自惭；自惭假若没有多少用处，让我们在纪念鲁迅先生的时候，挺起我们的胸来吧！

只写了些小品文吗？据我看，鲁迅先生的最大成就便是小品文。我敢说，他的学问限制不了后起者的更进一步，他的小说也拦不住后起者的猛进直前。小品文，在五十年内恐怕没有第二把手，来与他争光。他会怒，越怒，文字越好。文字容易摹仿，怒火可是不易借来。他的旧学问好，新知识广博，他能由旧而新，随手拾掇极精确的字与词，得到惊人的效果。你只能摘用他所用过的，而不易像他那样把新旧的工具都搬来应用，用创造的能力把古今的距离缩短，而成为他独有的东西。他长于古文古诗，又博览东西的文艺，所以他会把最简单的言语（中国话），调动得（极难调动）跌宕多姿，永远新鲜，永远清晰，永远软中透硬，永远厉害而不粗鄙。他以最大的力量，把感情、思想、文字，容纳在一两千字里，像块玲珑的瘦石，而有手榴弹的作用。只写了些短文么？啊，这是前无古人，恐怕也是后无来者的，文艺建设！

燃起我们的怒火吧，青年！以学识，以正义感，以最有力的文字，尽力于抗战建国的事业吧！在抗战中纪念鲁迅先生，我们必须有这个决心！

原载1938年10月22日《抗战文艺》第2卷第7期。

宗月大师

在我小的时候，我因家贫而身体很弱。我九岁才入学。因家贫体弱，母亲有时候想教我去上学，又怕我受人家的欺侮，更怕交不上学费，所以一直到九岁我还不识一个字。说不定，我会一辈子也得不到读书的机会。因为母亲虽然知道读书的重要，可是每月间三四吊钱的学费，实在让她为难。母亲是最喜脸面的人。她迟疑不决，光阴又不等待着任何人，荒来荒去，我也许就长到十多岁了。一个十多岁的贫而不识字的孩子，很自然的去作个小买卖——弄个小筐，卖些花生、煮豌豆，或樱桃什么的。要不然就是去学徒。母亲很爱我，但是假若我能去作学徒，或提篮沿街卖樱桃而每天赚几百钱，她或者就不会坚决的反对。穷困比爱心更有力量。

有一天刘大叔偶然的来了。我说“偶然的”，因为他不常来看我们。他是个极富的人，尽管他心中并无贫富之别，可是他的财富使他终日不得闲，几乎没有工夫来看穷朋友。一进门，他看见了我。“孩子几岁了？上学没有？”他问我的母亲。他的声音是那么洪亮（在酒后，他常以学喊俞振庭的《金钱豹》自傲），他的衣服是那么华丽，他的眼是那么亮，他的脸和手是那么白嫩肥胖，使我感到我大概是犯了什么罪。我们的小屋，破桌凳，土炕，几乎禁不住他的声音的震动。等我母亲回答完，刘大叔马上决定："明天早上我来，带他上学，学钱、书籍，大姐你都不必管！"我的心跳起多高，谁知道上学是怎么一回事呢！

第二天，我像一条不体面的小狗似的，随着这位阔人去入学。学校是一家改良私塾，在离我的家有半里多地的一座道士庙里。庙不甚大，而充满了各种气味：一进山门先有一股大烟味，紧跟着便是糖精味（有一家熬制糖球糖块的作坊），再往里，是厕所味，与别的臭味。学校是在大殿里，大殿两旁的小屋住着道士，和道士的家眷。大殿里很黑，很冷。神像都用黄布挡着，供桌上摆着孔圣人的牌位。学生都面朝西坐着，一共有三十来人。西墙上有一块黑板——这是"改良"私塾。老师姓李，一位极死板而极有爱心的中年人。刘大叔和李老师"嚷"了一顿，而后教我拜圣人及老师。老师给了我一本《地球韵言》和一本《三字经》。我于是，就变成了学生。

自从作了学生以后，我时常的到刘大叔的家中去。他的宅子有两个大院子，院中几十间房屋都是出廊的。院后，还有一座相当大的花园。宅子的左右前后全是他的房屋，若是把那些房子齐齐的排起来，可以占半条大街。此外，他还有几处铺店。每逢我去，他必招呼我吃饭，或给我一些我没有看见过的点心。他绝不以我为一个苦孩子而冷淡我，他是阔大爷，但是他不以富傲人。

在我由私塾转入公立学校去的时候，刘大叔又来帮忙。这时候，他的财产已大半出了手。他是阔大爷，他只懂得花钱，而不知道计算。人们吃他，他甘心教他们吃；人们骗他，他付之一笑。他的财产有一部分是卖掉的，也有一部分是被人骗了去的。他不管；他的笑声照旧是洪亮的。

到我在中学毕业的时候，他已一贫如洗，什么财产也没有了，只剩了那个后花园。不过，在这个时候，假若他肯用用心思，去调整他的产业，他还能有办法教自己丰衣足食，因为他的好多财产是被人家骗了去的。可是，他不肯去请律师。贫与富在他心中是完全一样的。假若在这时候，他要是不再随便花钱，他至少可以保住那座花园，和城外的地产。可是，他好善。尽管他自己的儿女受着饥寒，尽管他自己受尽折磨，他还是去办贫儿学校，粥厂，等等慈善事业。他忘了自己。就是在这个时候，我和他过往的最密。他办贫儿学校，我去作义务教师。他施舍粮米，我去帮忙调查及散放。在我的心里，我很明白：放粮放钱不过只是延长贫民的受苦难的日期，而不足以阻拦住死亡。但是，看刘大叔那么热心，那么真诚，我就顾不得和他辩论，而只好也出点力了。即使我和他辩论，我也不会得胜，人情是往往能战败理智的。

在我出国以前，刘大叔的儿子死了。而后，他的花园也出了手。他入庙为僧，夫人和小姐入庵为尼。由他的性格来说，他似乎势必走入避世学禅的一途。但是由他的生活习惯上来说，大家总以为他不过能念念经，布施布施僧道而已，而绝对不会受戒出家。他居然出了家。在以前，他吃的是山珍海味，穿的是绫罗绸缎。他也嫖也赌。现在，他每日一餐，入秋还穿着件夏布道袍。这样苦修，他的脸上还是红红的，笑声还是洪亮的。对佛学，他有多么深的认识，我不敢说，我却真知道他是个好和尚，他知道一点便去作一点，能作一点便作一点。他的学问也许不高，但是他所知道的都能见诸实行。

出家以后，他不久就作了一座大寺的方丈。可是没有好久就被驱逐出来。他是要做真和尚，所以他不惜变卖庙产去救济苦人。庙里不要这种方丈。一般的说，方丈的责任是要扩充庙产，而不是救苦救难的。离开大寺，他到一座没有任何产业的庙里作方丈。他自己既没有钱，他还须天天为僧众们找到斋吃。同时，他还举办粥厂等等慈善事业。他穷，他忙，他每日只进一顿简单的素餐，可是他的笑声还是那么洪亮。他的庙里不应佛事，赶到有人来请，他便领着僧众给人家去唪真经，不要报酬。他整天不在庙里，但是他并没忘了修持；他持戒越来越严，对经义也深有所获。他白天在各处筹钱办事，晚间在小室里作工夫。谁见到这位破和尚也不会想到他会是个在金子里长起来的阔大爷。

去年，有一天他正给一位圆寂了的和尚念经，他忽然闭上了眼，就坐化了。火葬后，人们在他的身上发现许多舍利。

没有他，我也许一辈子也不会入学读书。没有他，我也许永远想不起帮助别人有什么乐趣与意义。他是不是真的成了佛？我不知道。但是，我的确相信他的居心与苦行是与佛相近似的。我在精神上物质上都受过他的好处，现在我的确愿意他真的成了佛，并且盼望他以佛心引领我向善，正像在三十五年前，他拉着我去入私塾那样！

他是宗月大师。

原载1940年1月23日《华西日报·每周文艺》。

敬悼许地山先生

地山是我的最好的朋友。以他的对种种学问的好知喜问的态度，以他的对生活各方面感到的趣味，以他的对朋友的提携辅导的热诚，以他的对金钱利益的淡薄，他绝不像个短寿的人。每逢当我看见他的笑脸，握住他的柔软而戴着一个翡翠戒指的手，或听到他滔滔不断的讲说学问或故事的时候，我总会感到他必能活到八九十岁，而且相信若活到八九十岁，他必定还能像年轻的时候那样有说有笑，还能那样说干什么就干什么，永不驳回朋友的要求，或给朋友一点难堪。

地山竟自会死了——才将快到五十的边儿上吧。

他是我的好友。可是，我对于他的身世知道的并不十分详细。不错，他确是告诉过我许多关于他自己的事情；可是，大部分都被我忘掉了。一来是我的记性不好；二来是当我初次看见他的时候，我就觉得“这是个朋友”，不必细问他什么；即使他原来是个强盗，我也只看他可爱；我只知道面前是个可爱的人，就是一点也不晓得他的历史，也没有任何关系！况且，我还深信他会活到八九十岁呢。让他讲那些有趣的故事吧，让他说些对种种学术的心得与研究方法吧；至于他自己的历史，忙什么呢？等他老年的时候再说给我听，也还不迟啊！

可是，他已经死了！

我知道他是福建人。他的父亲作过台湾的知府——说不定他就生在台湾。他有一位舅父，是个很有才而后来作了不十分规矩的和尚的。由这位舅父，他大概自幼就接近了佛说，读过不少的佛经。还许因为这位舅父的关系，他曾在仰光一带住过，给了他不少后来写小说的资料。他的妻早已死去，留下一个小女孩。他手上的翠戒指就是为纪念他的亡妻的。从英国回到北平，他续了弦。这位太太姓周，我曾在北平和青岛见到过。

以上这一点：事实恐怕还有说得不十分正确的地方，我的记性实在太坏了！记得我到牛津去访他的时候，他告诉了我为什么老戴着那个翠戒指；同时，他说了许许多多关于他的舅父的事。是的，清清楚楚的我记得他由述说这位舅父而谈到禅宗的长短，因为他老人家便是禅宗的和尚。可是，除了这一点，我把好些极有趣的事全忘得一干二净；后悔没把它们都笔记下来！

我认识地山，是在二十年前了。那时候，我的工作不多，所以常到一个教会去帮忙，作些“社会服务”的事情。地山不但常到那里去，而且有时候住在那里，因此我认识了他。我呢，只是个中学毕业生，什么学识也没有。可是地山在那时候已经在燕大毕业而留校教书，大家都说他是个很有学问的青年。初一认识他，我几乎不敢希望能与他为友，他是有学问的人哪！可是，他有学问而没有架子，他爱说笑话，村的雅的都有；他同我去吃八个铜板十只的水饺，一边吃一边说，不一定说什么，但总说得有趣。我不再怕他了。虽然不晓得他有多大的学问，可是的确知道他是个极天真可爱的人了。一来二去，我试着步去问他一些书本上的事；我生怕他不肯告诉我，因为我知道有些学者是有这样脾气的：他可以和你交往，不管你是怎样的人；但是一提到学问，他就不肯开口了；不是他不肯把学问白白送给人，便是不屑于与一个没学问的人谈学问——他的神色表示出来，跟你来往已是降格相从，至于学问之事，哈哈……但是，地山绝对不是这样的人。他愿意把他所知道的告诉人，正如同他愿给人讲故事。他不因为我向他请教而轻视我，而且也并不板起面孔表示他有学问。和谈笑话似的，他知道什么便告诉我什么，没有矜持，没有厌倦，教我佩服他的学识，而仍认他为好友。学问并没有毁坏了他的为人，像那些气焰千丈的“学者”那样。他对我如此，对别人也如此；在认识他的人中，我没有听到过背地里指摘他，说他不够个朋友的。

不错，朋友们也有时候背地里讲究他；谁能没有些毛病呢。可是，地山的毛病只使朋友们又气又笑的那一种，绝无损于他的人格。他不爱写信。你给他十封信，他也未见得答复一次；偶尔回答你一封，也只是几个奇形怪状的字，写在一张随手拾来的破纸上。我管他的字叫作鸡爪体，真是难看。这也许是他不愿写信的原因之一吧？另一毛病是不守时刻。口头的或书面的通知，何时开会或何时集齐，对他绝不发生作用。只要他在图书馆中坐下，或和友人谈起来，就不用再希望他还能看看钟表。所以，你设若不亲自拉他去赴会就约，那就是你的过错；他是永远不记着时刻的。

一九二四年初秋，我到了伦敦，地山已先我数日来到。他是在美国得了硕士学位，再到牛津继续研究他的比较宗教学的；还未开学，所以先在伦敦住几天，我和他住在了一处。他正用一本中国小商店里用的粗纸账本写小说。那时节，我对文艺还没发生什么兴趣，所以就没大注意他写的是哪一篇。几天的工夫，他带着我到城里城外玩耍，把伦敦看了一个大概。地山喜欢历史，对宗教有多年的研究，对古生物学有浓厚的兴趣。由他领着逛伦敦，是多么有趣，有益的事呢！同时，他绝对不是“月亮也是外国的好”的那种留学生。说真的，他有时候过火的厌恶外国人。因为要批判英国人，他甚至于连英国人有礼貌，守秩序，和什么喝汤不准出响声，都看成为愚蠢可笑的事。因此，我一到伦敦，就借着他的眼睛看到那古城的许多宝物，也看到它那阴暗的一方面，而不至胡胡涂涂的断定伦敦的月亮比北平的好了。

不久，他到牛津去入学。暑假寒假中，他必到伦敦来玩几天。“玩”这个字，在这里，用得很妥当，又不很妥当。当他遇到朋友的时候，他就忘了自己：朋友们说怎样，他总不驳回。去到东伦敦买黄花木耳，大家作些中国饭吃？好！去逛动物园？好！玩扑克牌？好！他似乎永远没有忧郁，永远不会说“不”。不过，最好还是请他闲扯。据我所知道的，于各种宗教的研究而外，他还研究人学，民俗学，文学，考古学；他认识古代钱币，能鉴别古画，学过梵文与巴利文。请他闲扯，他就能——举个例说——由男女恋爱扯到中古的禁欲主义，再扯到原始时代的男女关系。他的故事多，书本上的佐证也丰富。他的话一会儿低降到贩夫走卒的俗野，一会儿高飞到学者的深刻高明。他谈一整天并无倦容，大家听一天也不感疲倦。

不过，你不要让他独自溜出去。他独自出去，不是到博物院，必是入图书馆。一进去，他就忘了出来。有一次，在上午八九点钟，我在东方学院的图书馆楼上发现了他。

到吃午饭的时候，我去唤他，他不动。一直到下午五点，他才出来，还是因为图书馆已到关门的时间的缘故。找到了我，他不住的喊“饿”；是啊，他已经饿了十点钟。在这种时节，“玩”字是用不得的。

牛津不承认他的美国的硕士学位，所以他须花二年的时光再考硕士。他的论文是《法华经》的介绍，在预备这本论文的时候，他还写了一篇相当长的文章，在世界基督教大会（？）上去宣读。这篇文章的内容是介绍道教。在一般的浮浅传教士心里，中国的佛教与道教不过是与非洲黑人或美洲红人所信的原始宗教差不多。地山这篇文章使他们闻所未闻，而且得到不少宗教学学者的称赞。

他得到牛津的硕士。假若他能继续住二年，他必能得到文学博士——最荣誉的学位。论文是不成问题的，他能于很短的期间预备好。但是，他必须再住二年；校规如此，不能变更。他没有住下去的钱，朋友们也不能帮助他。他只好以硕士为满意，而离开英国。

在他离英以前，我已试写小说。我没有一点自信心，而他又没工夫替我看看。我只能抓着机会给他朗读一两段。听过了几段，他说“可以，往下写吧！”这，增多了我的勇气。他的文艺意见，在那时候，仿佛是偏重于风格与情调；他自己的作品都多少有些传奇的气息，他所喜爱的作品也差不多都是浪漫派的。他的家世，他的在南洋的经验，他的旧文学的修养，他的喜研究学问而又不忍放弃文艺的态度，和他自己的生活方式，我想，大概都使他倾向着浪漫主义。

单说：他的生活方式吧。我不相信他有什么宗教的信仰，虽然他对宗教有深刻的研究，可是，我也不敢说宗教对他完全没有影响。他的言谈举止都像个诗人。假若把“诗人”按照世俗的解释从他的生活中扩展起来，他就应当有很古怪奇特的行动与行为。但是，他并没作过什么怪事。他明明知道某某人对他不起，或是知道某某人的毛病，他仍然是一团和气，以朋友相待。他不会发脾气。在他的嘴里，有时候是乱扯一阵，可是他的私生活是很严肃的，他既是诗人，又是“俗”人。为了读书，他可以忘了吃饭。但一讲到吃饭，他却又不惜花钱。他并不孤高自赏。对于衣食住行他都有自己的主张，可是假若别人喜欢，他也不便固执己见。他能过很苦的日子。在我初认识他的几年中，他的饭食与衣服都是极简单朴俭。他结婚后，我到北平去看他，他的房屋衣服都相当讲究了。也许是为了家庭间的和美，他不便于坚持己见吧。虽然由破夏布褂子换为整齐的绫罗大衫，他的脱口而出的笑话与戏谑还完全是他，一点也没改。穿什么，吃什么，他仿佛都能随遇而安，无所不可。在这里，和在其他的好多地方，他似乎受佛教的影响较基督教的为多，虽然他是在神学系毕业，而且也常去作礼拜。他像个禅宗的居士，而绝不能成为一个清教徒。

不但亲戚朋友能影响他，就是不相识而偶然接触的人也能临时的左右他。有一次，我在“家”里，他到伦敦城里去干些什么。日落时，他回来了，进门便笑，而且不住的摸他的刚刚刮过的脸。我莫名其妙。他又笑了一阵。“教理发匠挣去两镑多！”我吃了一惊。那时候，在伦敦理发普通是八个便士，理发带刮脸也不过是一个先令，“怎能花两镑多呢？”原来是理发匠问他什么，他便答应什么，于是用香油香水洗了头，电气刮了脸，还不得两镑多么？他绝想不起那样打扮自己，但是理发匠的建议是不能驳回的！

自从他到香港大学任事，我们没有会过面，也没有通过信；我知道他不喜欢写信，所以也就不写给他。抗战后，为了香港“文协”分会的事，我不能不写信给他了，仍然没有回信。可是，我准知道，信虽没来，事情可是必定办了。果然，从分会的报告和友人的函件中，我晓得了他是极热心会务的一员。我不能希望他按时回答我的信，可是我深信他必对分会卖力气，他是个极随便而又极不随便的人，我知道。

我自己没有学问，不能妥切的道出地山在学术上的成就何如。我只知道，他极用功，读书很多，这就值得钦佩，值得效法。对文艺，我没有什么高明的见解，所以不敢批评地山的作品。但是我晓得，他向来没有争过稿费，或恶意的批评过谁。这一点，不但使他能在香港“文协”分会以老大哥的身份德望去推动会务，而且在全国文艺界的团结上也有重大的作用。

是的，地山的死是学术界文艺界的极重大的损失！至于谈到他与我私人的关系，我只有落泪了；他既是我的“师”，又是我的好友！

啊，地山！你记得给我开的那张“佛学入门必读书”的单子吗？你用功，也希望我用功；可是那张单子上的六十几部书，到如今我一部也没有读啊！

你记得给我打电报，叫我到济南车站去接周校长（即许地山夫人的妹妹）吗？多么有趣的电报啊！知道我不认识她，所以你教她穿了黑色旗袍，而电文是：“× 日 × 时到站接黑衫女！”当我和妻接到黑衫女的时候，我们都笑得闭不上口啊。朋友，你托友好作一件事，都是那样有风趣啊！啊，昔日的趣事都变成今日的泪源。你怎可以死呢！

不能再往下写了……

原载 1941 年 8 月 17 日重庆《大公报》。

我的母亲

母亲的娘家是在北平德胜门外，土城儿外边，通大钟寺的大路上的一个小村里。村里一共有四五家人家，都姓马。大家都种点不十分肥美的地，但是与我同辈的兄弟们，也有当兵的，作木匠的，作泥水匠的，和当巡警的。他们虽然是农家，却养不起牛马，人手不够的时候，妇女便也须下地作活。

对于姥姥家，我只知道上述的一点。外公外婆是什么样子，我就不知道了，因为他们早已去世。至于更远的族系与家史，就更不晓得了；穷人只能顾眼前的衣食，没有功夫谈论什么过去的光荣；“家谱”这字眼，我在幼年就根本没有听说过。

母亲生在农家，所以勤俭诚实，身体也好。这一点事实却极重要，因为假若我没有这样的一位母亲，我之为我恐怕也就要大大的打个折扣了。

母亲出嫁大概是很早，因为我的大姐现在已是六十多岁的老太婆，而我的大甥女还长我一岁啊。我有三个哥哥，四个姐姐，但能长大成人的，只有大姐，二姐，三姐，三哥与我。我是“老”儿子。生我的时候，母亲已有四十一岁，大姐二姐已都出了阁。

由大姐与二姐所嫁入的家庭来推断，在我生下之前，我的家里，大概还马马虎虎的过得去。那时候定婚讲究门当户对，而大姐丈是作小官的，二姐丈也开过一间酒馆，他们都是相当体面的人。

可是，我，我给家庭带来了不幸：我生下来，母亲晕过去半夜，才睁眼看见她的老儿子——感谢大姐，把我揣在怀中，致未冻死。

一岁半，我把父亲“克”死了。

兄不到十岁，三姐十二三岁，我才一岁半，全仗母亲独力抚养了。父亲的寡姐跟我们一块儿住，她吸鸦片，她喜摸纸牌，她的脾气极坏。为我们的衣食，母亲要给人家洗衣服，缝补或裁缝衣裳。在我的记忆中，她的手终年是鲜红微肿的。白天，她洗衣服，洗一两大绿瓦盆。她作事永远丝毫也不敷衍，就是屠户们送来的黑如铁的布袜，她也给洗得雪白。晚间，她与三姐抱着一盏油灯，还要缝补衣服，一直到半夜。她终年没有休息，可是在忙碌中她还把院子屋中收拾得清清爽爽。桌椅都是旧的，柜门的铜活久已残缺不全，可是她的手老使破桌面上没有尘土，残破的铜活发着光。院中，父亲遗留下的几盆石榴与夹竹桃，永远会得到应有的浇灌与爱护，年年夏天开许多花。

哥哥似乎没有同我玩耍过。有时候，他去读书；有时候，他去学徒；有时候，他也去卖花生或樱桃之类的小东西。母亲含着泪把他送走，不到两天，又含着泪接他回来。我不明白这都是什么事，而只觉得与他很生疏。与母亲相依为命的是我与三姐。因此，他们作事，我老在后面跟着。他们浇花，我也张罗着取水；他们扫地，我就撮土……从这里，我学得了爱花，爱清洁，守秩序。这些习惯至今还被我保存着。

有客人来，无论手中怎么窘，母亲也要设法弄一点东西去款待。舅父与表哥们往往是自己掏钱买酒肉食，这使她脸上羞得飞红，可是殷勤的给他们温酒作面，又给她一些喜悦。遇上亲友家中有喜丧事，母亲必把大褂洗得干干净净，亲自去贺吊——份礼也许只是两吊小钱。到如今为我的好客的习性，还未全改，尽管生活是这么清苦，因为自幼儿看惯了的事情是不易改掉的。

姑母常闹脾气。她单在鸡蛋里找骨头。她是我家中的阎王。直到我入了中学，她才死去，我可是没有看见母亲反抗过。“没受过婆婆的气，还不受大姑子的吗？命当如此！”母亲在非解释一下不足以平服别人的时候，才这样说。是的，命当如此。母亲活到老，穷到老，辛苦到老，全是命当如此。她最会吃亏。给亲友邻居帮忙，她总跑在前面：她会给婴儿洗三——穷朋友们可以因此少花一笔“请姥姥”钱——她会刮痧，她会给孩子们剃头，她会给少妇们绞脸……凡是她能作的，都有求必应。但是吵嘴打架，永远没有她。她宁吃亏，不逗气。当姑母死去的时候，母亲似乎把一世的委屈都哭了出来，一直哭到坟地。不知道哪里来的一位侄子，声称有承继权，母亲便一声不响，教他搬走那些破桌子烂板凳，而且把姑母养的一只肥母鸡也送给他。

可是，母亲并不软弱。父亲死在庚子闹“拳”的那一年。联军入城，挨家搜索财物鸡鸭，我们被搜两次。母亲拉着哥哥与三姐坐在墙根，等着“鬼子”进门，街门是开着的。“鬼子”进门，一刺刀先把老黄狗刺死，而后入室搜索。他们走后，母亲把破衣箱搬起，才发现了我。假若箱子不空，我早就被压死了。皇上跑了，丈夫死了，鬼子来了，满城是血光火焰，可是母亲不怕，她要在刺刀下，饥荒中，保护着儿女。北平有多少变乱啊，有时候兵变了，街市整条的烧起，火团落在我们院中。有时候内战了，城门紧闭，铺店关门，昼夜响着枪炮。这惊恐，这紧张，再加上一家饮食的筹划，儿女安全的顾虑，岂是一个软弱的老寡妇所能受得起的？可是，在这种时候，母亲的心横起来，她不慌不哭，要从无办法中想出办法来。她的泪会往心中落！

这点软而硬的性格，也传给了我。我对一切人与事，都取和平的态度，把吃亏看作当然的。但是，在作人上，我有一定的宗旨与基本的法则，什么事都可将就，而不能超过自己画好的界限。我怕见生人，怕办杂事，怕出头露面；但是到了非我去不可的时候，我便不敢不去，正像我的母亲。从私塾到小学，到中学，我经历过起码有二十位教师吧，其中有给我很大影响的，也有毫无影响的，但是我的真正的教师，把性格传给我的，是我的母亲。母亲并不识字，她给我的是生命的教育。

当我在小学毕了业的时候，亲友一致的愿意我去学手艺，好帮助母亲。我晓得我应当去找饭吃，以减轻母亲的勤劳困苦。可是，我也愿意升学。我偷偷的考入了师范学校——制服，饭食，书籍，宿处，都由学校供给。只有这样，我才敢对母亲提升学的话。入学，要交十圆的保证金。这是一笔巨款！母亲作了半个月的难，把这巨款筹到，而后含泪把我送出门去。她不辞劳苦，只要儿子有出息。当我由师范毕业，而被派为小学校校长，母亲与我都一夜不曾合眼。我只说了句："以后，您可以歇一歇了！"她的回答只有一串串的眼泪。我入学之后，三姐结了婚。母亲对儿女是都一样疼爱的，但是假若她也有点偏爱的话，她应当偏爱三姐，因为自父亲死后，家中一切的事情都是母亲和三姐共同撑持的。三姐是母亲的右手。但是母亲知道这右手必须割去，她不能为自己的便利而耽误了女儿的青春。当花轿来到我们的破门外的时候，母亲的手就和冰一样的凉，脸上没有血色——那是阴历四月，天气很暖。大家都怕她晕过去。可是，她挣扎着，咬着嘴唇，手扶着门框，看花轿徐徐的走去。不久，姑母死了。三姐已出嫁，哥哥不在家，我又住学校，家中只剩母亲自己。她还须自晓至晚的操作，可是终日没人和她说一句话。新年到了，正赶上政府倡用阳历，不许过旧年。除夕，我请了两小时的假。由拥挤不堪的街市回到清炉冷灶的家中。母亲笑了。及至听说我还须回校，她愣住了。半天，她才叹出一口气来。到我该走的时候，她递给我一些花生，“去吧，小子！”街上是那么热闹，我却什么也没看见，泪遮迷了我的眼。今天，泪又遮住了我的眼，又想起当日孤独的过那凄惨的除夕的慈母。可是慈母不会再候盼着我了，她已入了土！

儿女的生命是不依顺着父母所设下的轨道一直前进的，所以老人总免不了伤心。我廿三岁，母亲要我结了婚，我不要。我请来三姐给我说情，老母含泪点了头。我爱母亲，但是我给了她最大的打击。时代使我成为逆子。廿七岁，我上了英国。为了自己，我给六十多岁的老母以第二次打击。在她七十大寿的那一天，我还远在异域。那天，据姐姐们后来告诉我，老太太只喝了两口酒，很早的便睡下。她想念她的幼子，而不便说出来。

“七七”抗战后，我由济南逃出来。北平又像庚子那年似的被鬼子占据了，可是母亲日夜惦念的幼子却跑西南来。母亲怎样想念我，我可以想象得到，可是我不能回去。每逢接到家信，我总不敢马上拆看，我怕，怕，怕，怕有那不祥的消息。人，即使活到八九十岁，有母亲便可以多少还有点孩子气。失了慈母便像花插在瓶子里，虽然还有色有香，却失去了根。有母亲的人，心里是安定的。我怕，怕，怕家信中带来不好的消息，告诉我已是失了根的花草。

去年一年，我在家信中找不到关于老母的起居情况。我疑虑，害怕。我想像得到，没有不幸，家中念我流亡孤苦，或不忍相告。母亲的生日是在九月，我在八月半写去祝寿的信，算计着会在寿日之前到达。信中嘱咐千万把寿日的详情写来，使我不再疑虑。十二月二十六日，由文化劳军的大会上回来，我接到家信。我不敢拆读。就寝前，我拆开信，母亲已去世一年了！

生命是母亲给我的。我之能长大成人，是母亲的血汗灌养的。我之能成为一个不十分坏的人，是母亲感化的。我的性格，习惯，是母亲传给的。她一世未曾享过一天福，临死还吃的是粗粮。唉！还说什么呢？心痛！心痛！

原载1943年1月13日、15日《时事新报·青光》。

梦想的文艺

我盼望总会有那么一天，我可以随便到世界任何地方去，而没有人偷偷的跟在我的背后，没有人盘问我到哪里去和干什么去，也没有人检查我的行李。那就是我的理想世界！在那个世界里，我爱写什么便写什么，正如同我爱到何处去便到何处那样。我相信，在那个世界里，文艺将是讲绝对的真理的，既不忌讳什么而吞吞吐吐，也不因遵守标语口号而把某一帮一行的片面，当作真理。那时候，我的笔下对真理负责，而不帮着张三或李四去辩论曲直是非——他们俩最好找律师去解决那些鸡毛蒜皮的事。

那时候，我若到了德国，便直言无隐的告诉德国人，他们招待客人还太拘形式，使我感到不舒服。（德国人在那时候当然已早忘了制造战争，而很忠诚的制造阿司匹灵。）他们听了并不生气，而赶快去研究怎样可以不拘形式而把客人招待得从心眼里觉得安逸。同样的，我可以在伦敦讽刺英国的士大夫：他们为什么那样注意戴礼帽，拿雨伞，而不设法去消灭或减少伦敦的黑雾。那些有幽默感的英国人笑着接受了我的暗示，于是国会决议：每天起飞五千架重轰炸机往下洒极细的砂子，把黑雾过滤成白雾，而伦敦市民就一律因此增寿十年。

我的笔将是温和的，微微含笑的，不发气的，写出聪明的合理的话。我不必粗脖子红脸的叫喊什么，那样是会使文字粗糙，失去美丽的。我不必顾虑我的话会引来棍棒与砖头，除非我是说了谎或乱骂了人。那时候的社会上求真的习尚，使写家必须像先知似的说出警告，那时候人们的审美力的提高，使作家必须唱出他的话语，像春莺似的美妙。

昨天我听见一个四十多岁的汉子，对一个十九岁的学生说：

“你要真理？我的话便是真理！听从我的话便是听从真理！我这个真理会教你有衣有食，有津贴好拿！在我的真理以外，你要想另找一个，你便会找到监狱，毒刑，死亡！想想看，你才十九岁，青春多么可爱呀！”

这几句话使我颤抖了好大半天。我不晓得那个十九岁的孩子后来怎样回答，我一声没出。我可是愿意说出我的愿望，尽管那个愿望是永不会实现的梦想！

原载1944年12月《抗战文艺》第9卷5、6期合刊号。

“住”的梦

在北平与青岛住家的时候，我永远没想到过：将来我要住在什么地方去。在乐园里的人或者不会梦想另辟乐园吧。

在抗战中，在重庆与它的郊区住了六年。这六年的酷暑重雾，和房屋的不像房屋，使我会作梦了。我梦想着抗战胜利后我应去住的地方。

不管我的梦想能否成为事实，说出来总是好玩的：

春天，我将要住在杭州。二十年前，我到过杭州，只住了两天。那是旧历的二月初，在西湖上我看见了嫩柳与菜花，碧浪与翠竹。山上的光景如何？没有看到。三四月的莺花山水如何，也无从晓得。但是，由我看到的那点春光，已经可以断定杭州的春天必定会教人整天生活在诗与图画中的。所以，春天我的家应当是在杭州。

夏天，我想青城山应当算作最理想的地方。在那里，我虽然只住过十天，可是它的幽静已拴住了我的心灵。在我所看见过的山水中，只有这里没有使我失望。它并没有什么奇峰或巨瀑，也没有多少古寺与胜迹，可是，它的那一片绿色已足使我感到这是仙人所应住的地方了。到处都是绿，而且都是像嫩柳那么淡，竹叶那么亮，蕉叶那么润，目之所及，那片淡而光润的绿色都在轻轻的颤动，仿佛要流入空中与心中去似的。这个绿色会像音乐似的，涤清了心中的万虑，山中有水，有茶，还有酒。早晚，即使在暑天，也须穿起毛衣。我想，在这里住一夏天，必能写出一部十万到二十万的小说。

假若青城去不成，求其次者才提到青岛。我在青岛住过三年，很喜爱它。不过，春夏之交，它有雾，虽然不很热，可是相当的湿闷。再说，一到夏天，游人来的很多，失去了海滨上的清静。美而不静便至少失去一半的美。最使我看不惯的是那些喝醉的外国水兵与差不多是裸体的，而没有曲线美的妓女。秋天，游人都走开，这地方反倒更可爱些。

不过，秋天一定要住北平。天堂是什么样子，我不晓得，但是从我的生活经验去判断，北平之秋便是天堂。论天气，不冷不热。论吃食，苹果，梨，柿，枣，葡萄，都每样有若干种。至于北平特产的小白梨与大白海棠，恐怕就是乐园中的禁果吧，连亚当与夏娃见了，也必滴下口水来！果子而外，羊肉正肥，高粱红的螃蟹刚好下市，而良乡的栗子也香闻十里。论花草，菊花种类之多，花式之奇，可以甲天下。西山有红叶可见，北海可以划船——虽然荷花已残，荷叶可还有一片清香。衣食住行，在北平的秋天，是没有一项不使人满意的。即使没有余钱买菊吃蟹，一两毛钱还可以爆二两羊肉，弄一小壶佛手露啊！

冬天，我还没有打好主意，香港很暖和，适于我这贫血怕冷的人去住，但是“洋味”太重，我不高兴去。广州，我没有到过，无从判断。成都或者相当的合适，虽然并不怎样和暖，可是为了水仙，素心腊梅，各色的茶花，与红梅绿梅，仿佛就受一点寒冷，也颇值得去了。昆明的花也多，而且天气比成都好，可是旧书铺与精美而便宜的小吃食远不及成都的那么多，专看花而没有书读似乎也差点事。好吧，就暂时这么规定：冬天不住成都便住昆明吧。

在抗战中，我没能发了国难财。我想，抗战结束以后，我必能阔起来，唯一的原因是我是在这里说梦。既然阔起来，我就能在杭州，青城山，北平，成都，都盖起一所中式的小三合房，自己住三间，其余的留给友人们住。房后都有起码是二亩大的一个花园，种满了花草；住客有随便折花的，便毫不客气的赶出去。青岛与昆明也各建小房一所，作为候补住宅。各处的小宅，不管是什么材料盖成的，一律叫作“不会草堂”——在抗战中，开会开够了，所以永远“不会”。

那时候，飞机一定很方便，我想四季搬家也许不至于受多大苦处的。假若那时候飞机减价，一二百元就能买一架的话，我就自备一架，择黄道吉日慢慢的飞行。

原载1944年5月《民主世界》第2期。

北京的春节

按照北京的老规矩，过农历的新年（春节），差不多在腊月的初旬就开头了。“腊七腊八，冻死寒鸦”，这是一年里最冷的时候。可是，到了严冬，不久便是春天，所以人们并不因为寒冷而减少过年与迎春的热情。在腊八那天，人家里，寺观里，都熬腊八粥。这种特制的粥是祭祖祭神的，可是细一想，它倒是农业社会的一种自傲的表现——这种粥是用所有的各种的米，各种的豆，与各种的干果（杏仁、核桃仁、瓜子、荔枝肉、桂圆肉、莲子、花生米、葡萄干、菱角米……）熬成的。这不是粥，而是小型的农产展览会。

腊八这天还要泡腊八蒜。把蒜瓣在这天放到高醋里，封起来，为过年吃饺子用的。到年底，蒜泡得色如翡翠，而醋也有了些辣味，色味双美，使人要多吃几个饺子。在北京，过年时，家家吃饺子。

从腊八起，铺户中就加紧的上年货，街上加多了货摊子——卖春联的、卖年画的、卖蜜供的、卖水仙花的等等都是只在这一季节才会出现的。这些赶年的摊子都教儿童们的心跳得特别快一些。在胡同里，吆喝的声音也比平时更多更复杂起来，其中也有仅在腊月才出现的，像卖宪书的、松枝的、薏仁米的、年糕的等等。

在有皇帝的时候，学童们到腊月十九日就不上学了，放年假一月。儿童们准备过年，差不多第一件事是买杂拌儿。这是用各种干果（花生、胶枣、榛子、栗子等）与蜜饯搀和成的，普通的带皮，高级的没有皮——例如：普通的用带皮的榛子，高级的就用榛瓤儿。儿童们喜吃这些零七八碎儿，即使没有饺子吃，也必须买杂拌儿。他们的第二件大事是买爆竹，特别是男孩子们。恐怕第三件事才是买玩艺儿——风筝、空竹、口琴等——和年画儿。

儿童们忙乱，大人们也紧张。他们须预备过年吃的使的喝的一切。他们也必须给儿童赶做新鞋新衣，好在新年时显出万象更新的气象。

二十三日过小年，差不多就是过新年的“彩排”。在旧社会里，这天晚上家家祭灶王，从一擦黑儿鞭炮就响起来，随着炮声把灶王的纸像焚化，美其名叫送灶王上天。在前几天，街上就有多少多少卖麦芽糖与江米糖的，糖形或为长方块或为大小瓜形。按旧日的说法：用糖粘住灶王的嘴，他到了天上就不会向玉皇报告家庭中的坏事了。现在，还有卖糖的，但是只由大家享用，并不再粘灶王的嘴了。

过了二十三，大家就更忙起来，新年眨眼就到了啊。

在除夕以前，家家必须把春联贴好，必须大扫除一次，名曰扫房。必须把肉、鸡、鱼、青菜、年糕什么的都预备充足，至少足够吃用一个星期的——按老习惯，铺户多数关五天门，到正月初六才开张。假若不预备下几天的吃食，临时不容易补充。还有，旧社会里的老妈妈论，讲究在除夕把一切该切出来的东西都切出来，省得在正月初一到初五再动刀，动刀剪是不吉利的。这含有迷信的意思，不过它也表现了我们确是爱和平的人，在一岁之首连切菜刀都不愿动一动。

除夕真热闹。家家赶作年菜，到处是酒肉的香味。老少男女都穿起新衣，门外贴好红红的对联，屋里贴好各色的年画，哪一家都灯火通宵，不许间断，炮声日夜不绝。在外边作事的人，除非万不得已，必定赶回家来，吃团圆饭，祭祖。这一夜，除了很小的孩子，没有什么人睡觉，而都要守岁。

元旦的光景与除夕截然不同：除夕，街上挤满了人；元旦，铺户都上着板子，门前堆着昨夜燃放的爆竹纸皮，全城都在休息。

男人们在午前就出动，到亲戚家，朋友家去拜年。女人们在家中接待客人。同时，城内城外有许多寺院开放，任人游览，小贩们在庙外摆摊、卖茶、食品和各种玩具。

北城外的大钟寺，西城外的白云观，南城的火神庙（厂甸）是最有名的。可是，开庙最初的两三天，并不十分热闹，因为人们还正忙着彼此贺年，无暇及此。到了初五六，庙会开始风光起来，小孩们特别热心去逛，为的是到城外看看野景，可以骑毛驴，还能买到那些新年特有的玩具。白云观外的广场上有赛轿车赛马的；在老年间，据说还有赛骆驼的。这些比赛并不争取谁第一谁第二，而是在观众面前表演骡马与骑者的美好姿态与技能。

多数的铺户在初六开张，又放鞭炮，从天亮到清早，全城的炮声不绝。虽然开了张，可是除了卖吃食与其他重要日用品的铺子，大家并不很忙，铺中的伙计们还可以轮流着去逛庙、逛天桥和听戏。

元宵（汤圆）上市，新年的高潮到了——元宵节（从正月十三到十七）。除夕是热闹的，可是没有月光；元宵节呢，恰好是明月当空。元旦是体面的，家家门前贴着鲜红的春联，人们穿着新衣裳，可是它还不够美。元宵节，处处悬灯结彩，整条的大街像是办喜事，火炽而美丽。有名的老铺都要挂出几百盏灯来，有的一律是玻璃的，有的清一色是牛角的，有的都是纱灯；有的各形各色，有的通通彩绘全部《红楼梦》或《水浒传》故事。这，在当年，也就是一种广告；灯一悬起，任何人都可以进到铺中参观；

晚间灯中都点上烛，观者就更多。这广告可不庸俗。干果店在灯节还要作一批杂拌儿生意，所以每每独出心裁的，制成各样的冰灯，或用麦苗作成一两条碧绿的长龙，把顾客招来。

除了悬灯，广场上还放花盒。在城隍庙里并且燃起火判，火舌由判官的泥像的口、耳、鼻、眼中伸吐出来。公园里放起天灯，像巨星似的飞到天空。

男男女女都出来踏月、看灯、看焰火；街上的人拥挤不动。在旧社会里，女人们轻易不出门，她们可以在灯节里得到些自由。

小孩子们买各种花炮燃放，即使不跑到街上去淘气，在家中也照样能有声有光的玩耍。家中也有灯：走马灯——原始的电影——宫灯、各形各色的纸灯，还有纱灯，里面有小铃，到时候就叮叮的响。大家还必须吃汤圆呀。这的确是美好快乐的日子。

一眨眼，到了残灯末庙，学生该去上学，大人又去照常作事，新年在正月十九结束了。腊月和正月，在农村社会里正是大家最闲在的时候，而猪牛羊等也正长成，所以大家要杀猪宰羊，酬劳一年的辛苦。过了灯节，天气转暖，大家就又去忙着干活了。北京虽是城市，可是它也跟着农村社会一齐过年，而且过得分外热闹。

在旧社会里，过年是与迷信分不开的。腊八粥，关东糖，除夕的饺子，都须先去供佛，而后人们再享用。除夕要接神；大年初二要祭财神，吃元宝汤（馄饨），而且有的人要到财神庙去借纸元宝，抢烧头股香。正月初八要给老人们顺星、祈寿。因此那时候最大的一笔浪费是买香蜡纸马的钱。现在，大家都不迷信了，也就省下这笔开销，用到有用的地方去。特别值得提到的是现在的儿童只快活地过年，而不受那迷信的熏染，他们只有快乐，而没有恐惧——怕神怕鬼。也许，现在过年没有以前那么热闹了，可是多么清醒健康呢。以前，人们过年是托神鬼的庇佑，现在是大家劳动终岁，大家也应当快乐的过年。

原载 1951 年 1 月 25 日《观察》第 2 卷第 2 期。

悼念罗常培先生

与君长别日，悲忆少年时……

听到罗莘田（常培）先生病故的消息，我就含着热泪写下前面的两句。我想写好几首诗，哭吊好友。可是，越想泪越多，思想无法集中，再也写不下去！

悲忆少年时！是的，莘田与我是小学的同学。自初识到今天已整整有五十年了！叫我怎能不哭呢？这五十年间，世界上与国家里起了多大的变化呀，少年时代的朋友绝大多数早已不相闻问或不知下落了。在莘田活着的时候，每言及此，我们就都觉得五十年如一日的友情特别珍贵！

我记得很清楚：我从私塾转入学堂，即编入初小三年级，与莘田同班。我们的学校是西直门大街路南的两等小学堂。在同学中，他给我的印象最深，他品学兼优。而且长长的发辫垂在肩前；别人的辫子都垂在背后。虽然也吵过嘴，可是我们的感情始终很好。下午放学后，我们每每一同到小茶馆去听评讲《小五义》或《施公案》。书钱总是他替我付。我家里穷，我的手里没有零钱。

不久，这个小学堂改办女学。我就转入南草厂的第十四小学，莘田转到报子胡同第四小学。我们不大见面了。

到入中学的时候，我们俩都考入了祖家街的第三中学，他比我小一岁，而级次高一班。他常常跃级，因为他既聪明，又肯用功。他的每门功课都很好，不像我那样对喜爱的就多用点心，不喜爱的就不大注意。在“三中”没有好久，我即考入北京师范，为的是师范学校既免收学膳费，又供给制服与书籍。从此，我与莘田又不常见了。

师范毕业后，我即去办小学，莘田一方面在参议院作速记员，一方面在北大读书。这就更难相见了。我们虽不大见面，但未相忘。此后许多年月中都是如此，忽聚忽散，而始终彼此关切。直到解放后，我们才又都回到北京，常常见面，高高兴兴地谈心道故。

莘田是学者，我不是。他的著作，我看不懂。那么，我们俩为什么老说得来，不管相隔多远，老彼此惦念呢？我想首先是我俩在作人上有相同之点，我们都耻于巴结人，又不怕自己吃点亏。这样，在那污浊的旧社会里，就能够独立不倚，不至被恶势力拉去作走狗。我们愿意自食其力，哪怕清苦一些。记得在抗日战争中，我在北碚，莘田由昆明来访，我就去卖了一身旧衣裳，好请他吃一顿小饭馆儿。可是，他正闹肠胃病，吃不下去。于是，相视苦笑者久之。

是的，遇到一处，我们总是以独立不倚，作事负责相勉。志同道合，所以我们老说得来。莘田的责任心极重，他的学生们都会作证。学生们大概有点怕他，因为他对他们的要求，在治学上与为人上，都很严格。学生们也都敬爱他，因为他对自己的要求也严格。他不但要求自己把学生教明白，而且要求把他们教通了，能够去独当一面，独立思考。他是那么负责，哪怕是一封普通的信，一张字条，也要写得字正文清，一丝不苟。多少年来，我总愿向他学习，养成凡事有条有理的好习惯，可总没能学到家。

莘田所重视的独立不倚的精神，在旧社会里有一定的好处。它使我们不至于利欲熏心，去趟混水。可是它也有毛病，即孤高自赏，轻视政治。莘田的这个缺点也正是我的缺点。我们因不关心政治，便只知恨恶反动势力，而看不明白革命运动。我们武断地以为二者既都是搞政治，就都不清高。在革命时代里，我们犯了错误——只有些爱国心，而不认识革命道路。细想起来，我们的独立不倚不过是独善其身，但求无过而已。我们的四面不靠，来自黑白不完全分明。我们总想远远躲开黑暗势力，而躲不开，可又不敢亲近革命。直到革命成功，我们才明白救了我们的是革命，而不是我们自己的独立不倚！

是的，到解放后，我们才看出自己的错误，从而都愿随着共产党走，积极为人民服务。彼此见面，我们不再提独立不倚，而代之以关心政治，改造思想。可是，多年来养成的思想习惯往往阻碍着我们的思想跃进。莘田哪，假若你能多活几岁，我相信我们会互相督励，勤于学习，叫我们的心眼更亮堂一些，胸襟更开朗一些，忘掉个人的小小顾虑，而全心全意地接受党的领导，作出更多更好的工作来！你死的太早了！

莘田虽是博读古籍的学者，却不轻视民间文学。他喜爱戏曲与曲艺，常和艺人们来往，互相学习。他会唱许多折昆曲。莘田哪，再也听不到你的圆滑的嗓音，高唱《长生殿》与《夜奔》了！

安眠吧，莘田！我知道：这二三年来，你的最大苦痛就是因为身体不好，不能照常工作，老觉得对不起党与人民！安眠吧，在治学与教学上你尽了所能尽的心力，在政治思想上你更不断地学习，改造自己，儿女们都已长大，朋友与学生们都不会忘了你，休息吧！特别重要的是，我们都知道，并且永难忘记：党怎么爱护你，信任你！疾病夺去你的生命，你的朋友、学生和子女却都会因你所受的爱护与教育而感激党，靠近党，从而全心全意地努力于社会主义的建设！安眠吧，五十年的老友！明年来祭你的时候，祖国的革命事业必又有飞跃的发展与成就，你含笑休息吧！

原载 1959 年 1 月 22 日《中国语文》1 月号。

小麻雀

雨后，院里来了个麻雀，刚长全了羽毛。它在院里跳，有时飞一下，不过是由地上飞到花盆沿上，或由花盆上飞下来。看它这么飞了两三次，我看出来：它并不会飞得再高一些，它的左翅的几根长翎拧在一起，有一根特别的长，似乎要脱落下来。我试着往前凑，它跳一跳，可是又停住，看着我，小黑豆眼带出点要亲近我又不完全信任的神气。我想到了：这是个熟鸟，也许是自幼便养在笼中的。所以它不十分怕人。可是它的左翅也许是被养着它的或别个孩子给扯坏，所以它爱人，又不完全信任。想到这个，我忽然的很难过。一个飞禽失去翅膀是多么可怜。这个小鸟离了人恐怕不会活，可是人又那么狠心，伤了它的翎羽。它被人毁坏了，而还想依靠人，多么可怜！它的眼带出进退为难的神情，虽然只是那么个小而不美的小鸟，它的举动与表情可露出极大的委屈与为难。它是要保全它那点生命，而不晓得如何是好。对它自己与人都没有信心，而又愿找到些倚靠。它跳一跳，停一停，看着我，又不敢过来。我想拿几个饭粒诱它前来，又不敢离开，我怕小猫来扑它。可是小猫并没在院里，我很快的跑进厨房，抓来了几个饭粒。及至我回来，小鸟已不见了。我向外院跑去，小猫在影壁前的花盆旁蹲着呢。我忙去驱逐它，它只一扑，把小鸟擒住！被人养惯的小麻雀，连挣扎都不会，尾与爪在猫嘴旁搭拉着，和死去差不多。

瞧着小鸟，猫一头跑进厨房，又一头跑到西屋。我不敢紧追，怕它更咬紧了，可又不能不追。虽然看不见小鸟的头部，我还没忘了那个眼神。那个预知生命危险的眼神。那个眼神与我的好心中间隔着一只小白猫。来回跑了几次，我不追了。追上也没用了，我想，小鸟至少已半死了。猫又进了厨房，我愣了一会儿，赶紧的又追了去；那两个黑豆眼仿佛在我心内睁着呢。

进了厨房，猫在一条铁筒——冬天升火通烟用的，春天拆下来便放在厨房的墙角——旁蹲着呢。小鸟已不见了。铁筒的下端未完全扣在地上，开着一个不小的缝儿小猫用脚往里探。我的希望回来了，小鸟没死。小猫本来才四个来月大，还没捉住过老鼠，或者还不会杀生，只是叼着小鸟玩一玩。正在这么想，小鸟，忽然出来了，猫倒像吓了一跳，往后躲了躲。小鸟的样子，我一眼便看清了，登时使我要闭上了眼。小鸟几乎是蹲着，胸离地很近，像人害肚痛蹲在地上那样。它身上并没血。身子可似乎是蜷在一块，非常的短。头低着，小嘴指着地。那两个黑眼珠！非常的黑，非常的大，不看什么，就那么顶黑顶大的愣着。它只有那么一点活气，都在眼里，像是等着猫再扑它，它没力量反抗或逃避；又像是等着猫赦免了它，或是来个救星。生与死都在这俩眼里，而并不是清醒的。它是胡涂了，昏迷了；不然为什么由铁筒中出来呢？可是，虽然昏迷，到底有那么一点说不清的，生命根源的，希望。这个希望使它注视着地上，等着，等着生或死。它怕得非常的忠诚，完全把自己交给了一线的希望，一点也不动。像把生命要从两眼中流出，它不叫，不动。

小猫没再扑它，只试着用小脚碰它。它随着击碰倾侧，头不动，眼不动，还呆呆的注视着地上。但求它能活着，它就决不反抗。可是并非全无勇气，它是在猫的面前不动！我轻轻的过去，把猫抓住。将猫放在门外，小鸟还没动。我双手把它捧起来。它确是没受了多大的伤，虽然胸上落了点毛。它看了我一眼！

我没主意：把它放了吧，它准是死？养着它吧，家中没有笼子。我捧着它好像世上一切生命都在我的掌中似的，我不知怎样好。小鸟不动，蜷着身，两眼还那么黑，等着！愣了好久，我把它捧到卧室里，放在桌子上，看着它，它又愣了半天，忽然头向左右歪了歪，用它的黑眼瞟了一下；又不动了，可是身子长出来一些，还低头看着，似乎明白了点什么。

原载1934年10月《文学评论》第1卷第2期。

养 花

我爱花，所以也爱养花。我可还没成为养花专家，因为没有工夫去做研究与试验。我只把养花当作生活中的一种乐趣，花开得大小好坏都不计较，只要开花，我就高兴。在我的小院中，到夏天，满是花草，小猫儿们只好上房去玩耍，地上没有它们的运动场。

花虽多，但无奇花异草。珍贵的花草不易养活，看着一棵好花生病欲死是件难过的事。我不愿时时落泪。北京的气候，对养花来说，不算很好。冬天冷，春天多风，夏天不是干旱就是大雨倾盆；秋天最好，可是忽然会闹霜冻。在这种气候里，想把南方的好花养活，我还没有那么大的本事。因此，我只养些好种易活、自己会奋斗的花草。

不过，尽管花草自己会奋斗，我若置之不理，任其自生自灭，它们多数还是会死了的。我得天天照管它们，像好朋友似的关切它们。一来二去，我摸着一些门道：有的喜阴，就别放在太阳地里，有的喜干，就别多浇水。这是个乐趣，摸住门道，花草养活了，而且三年五载老活着、开花，多么有意思呀！不是乱吹，这就是知识呀！多得些知识，一定不是坏事。

我不是有腿病吗，不但不利于行，也不利于久坐。我不知道花草们受我的照顾，感谢我不感谢；我可得感谢它们。在我工作的时候，我总是写了几十个字，就到院中去看看，浇浇这棵，搬搬那盆，然后回到屋中再写一点，然后再出去，如此循环，把脑力劳动与体力劳动结合到一起，有益身心，胜于吃药。要是赶上狂风暴雨或天气突变哪，就得全家动员，抢救花草，十分紧张。几百盆花，都要很快地抢到屋里去，使人腰酸腿疼，热汗直流。第二天，天气好转，又得把花儿都搬出去，就又一次腰酸腿疼，热汗直流。可是，这多么有意思呀！不劳动，连棵花儿也养不活，这难道不是真理么？

送牛奶的同志，进门就夸"好香"！这使我们全家都感到骄傲。赶到昙花开放的时候，约几位朋友来看看，更有秉烛夜游的神气——昙花总在夜里放蕊。花儿分根了，一棵分为数棵，就赠给朋友们一些；看着友人拿走自己的劳动果实，心里自然特别喜欢。

当然，也有伤心的时候，今年夏天就有这么一回。三百株菊秧还在地上（没到移入盆中的时候），下了暴雨。邻家的墙倒了下来，菊秧被砸死者约三十多种，一百多棵！全家都几天没有笑容！

有喜有忧，有笑有泪，有花有实，有香有色，既须劳动，又长见识，这就是养花的乐趣。

原载 1956 年 10 月 21 日《文汇报》。

猫

猫的性格实在有些古怪。说它老实吧，它的确有时候很乖。它会找个暖和地方，成天睡大觉，无忧无虑。什么事也不过问。可是，赶到它决定要出去玩玩，就会走出一天一夜，任凭谁怎么呼唤，它也不肯回来。说它贪玩吧，的确是呀，要不怎么会一天一夜不回家呢？可是，及至它听到点老鼠的响动啊，它又多么尽职，闭息凝视，一连就是几个钟头，非把老鼠等出来不拉倒！

它要是高兴，能比谁都温柔可亲：用身子蹭你的腿，把脖儿伸出来要求给抓痒，或是在你写稿子的时候，跳上桌来，在纸上踩印几朵小梅花。它还会丰富多腔地叫唤，长短不同，粗细各异，变化多端，力避单调。在不叫的时候，它还会咕噜咕噜地给自己解闷。这可都凭它的高兴。它若是不高兴啊，无论谁说多少好话，它一声也不出，连半个小梅花也不肯印在稿纸上！它倔强得很！

是，猫的确是倔强。看吧，大马戏团里什么狮子、老虎、大象、狗熊，甚至于笨驴，都能表演一些玩艺儿，可是谁见过耍猫呢？（昨天才听说：苏联的某马戏团里确有耍猫的，我当然还没亲眼见过。）

这种小动物确是古怪。不管你多么善待它，它也不肯跟着你上街去逛逛。它什么都怕，总想藏起来。可是它又那么勇猛，不要说见着小虫和老鼠，就是遇上蛇也敢斗一斗。它的嘴往往被蜂儿或蝎子螫的肿起来。

赶到猫儿们一讲起恋爱来，那就闹得一条街的人们都不能安睡。它们的叫声是那么尖锐刺耳，使人觉得世界上若是没有猫啊，一定会更平静一些。

可是，及至女猫生下两三个棉花团似的小猫啊，你又不恨它了。它是那么尽责地看护儿女，连上房兜兜风也不肯去了。

郎猫可不那么负责，它丝毫不关心儿女。它或睡大觉，或上屋去乱叫，有机会就和邻居们打一架，身上的毛儿滚成了毡，满脸横七竖八都是伤痕，看起来实在不大体面。好在它没有照镜子的习惯，依然昂首阔步，大喊大叫，它匆忙地吃两口东西，就又去挑战开打。有时候，它两天两夜不回家，可是当你以为它可能已经远走高飞了，它却瘸着腿大败而归，直入厨房要东西吃。

过了满月的小猫们真是可爱，腿脚还不甚稳，可是已经学会淘气。妈妈的尾巴，一根鸡毛，都是它们的好玩具，耍上没结没完。一玩起来，它们不知要摔多少跟头，但是跌倒即马上起来，再跑再跌。它们的头撞在门上，桌腿上，和彼此的头上。撞疼了也不哭。

它们的胆子越来越大，逐渐开辟新的游戏场所。它们到院子里来了。院中的花草可遭了殃。它们在花盆里摔跤，抱着花枝打秋千，所过之处，枝折花落。你不肯责打它们，它们是那么生气勃勃，天真可爱呀。可是，你也爱花。这个矛盾就不易处理。

现在，还有新的问题呢：老鼠已差不多都被消灭了，猫还有什么用处呢？而且，猫既吃不着老鼠，就会想办法去偷捉鸡雏或小鸭什么的开开斋。这难道不是问题么？

在我的朋友里颇有些位爱猫的。不知他们注意到这些问题没有？记得二十年前在重庆住着的时候，那里的猫很珍贵，须花钱去买。在当时，那里的老鼠是那么猖狂，小猫反倒须放在笼子里养着，以免被老鼠吃掉。据说，目前在重庆已很不容易见到老鼠。那么，那里的猫呢？是不是已经不放在笼子里，还是根本不养猫了呢？这须打听一下，以备参考。

也记得三十年前，在一艘法国轮船上，我吃过一次猫肉。事前，我并不知道那是什么肉，因为不识法文，看不懂菜单。猫肉并不难吃，虽不甚香美，可也没什么怪味道。是不是该把猫都送往法国轮船上去呢？我很难作出决定。

猫的地位的确降低了，而且发生了些小问题。可是，我并不为猫的命运多耽什么心思。想想看吧，要不是灭鼠运动得到了很大的成功，消除了巨害，猫的威风怎会减少了呢？两相比较，灭鼠比爱猫更重要的多，不是吗？我想，世界上总会有那么一天，一切都机械化了，不是连驴马也会有点问题吗？可是，谁能因耽忧驴马没有事作而放弃了机械化呢？

原载1959年8月16日《新观察》第16期。

辑三 文论

1925年，老舍在伦敦寓所

我怎样写《大明湖》

在上海把《小坡的生日》交出，就跑回北平；住了三四个月，什么也没写。

被约到济南去教书。到校后，忙着预备功课，也没工夫写什么。可是我每走在街上，看见西门与南门的炮眼，我便自然的想起“五三”惨案；我开始打听关于这件事的详情；不是那些报纸登载过的大事，而是实际上的屠杀与恐怖的情形。有好多人能供给我材料，有的人还保存着许多像片，也借给我看。半年以后，济南既被走熟，而“五三”的情形也知道了个大概，我就想写《大明湖》了。

《大明湖》里没有一句幽默的话，因为想着“五三”。可是“五三”并不是正题，而是个副笔。设若全书都是描写那次的屠杀，我便不易把别的事项插进去了，而我深怕笔力与材料都不够写那么硬的东西。我需要个别的故事，而把战争与流血到相当的时机加进去，既不干枯，又显着越写越火炽。我很费了些时间去安置那些人物与事实：前半的本身已像个故事，而这故事里已暗示出济南的危险。后半还继续写故事，可是遇上了“五三”，故事与这惨案一同紧张起来。在形式上，这本书有些可取的地方。

故事的进展还是以爱情为联系，这里所谓爱情可并不是三角恋爱那一套。痛快着一点来说，我写的是性欲问题。在女子方面，重要的人物是很穷的母女两个。母亲受着性欲与穷困的两重压迫，而扔下了女儿不再管。她交结过好几个男人，全没有所谓浪漫故事中的追求与迷恋，而是直截了当的讲肉与钱的获得。读书的青年男女好说自己如何苦闷，如何因失恋而想自杀，好像别人都没有这种问题，而只有他们自己的委屈很值钱似的。所以我故意地提出几个穷男女，说说他们的苦处与需求。在她所交结的几个男人中，有一个是非常精明而有思想的人。他虽不是故事中的主要人物，可是由他口中说出许多现在应当用 ×× 画出来的话语。这个女的最后跳了大明湖。她的女儿呢，没有人保护着，而且没有一个钱，也就走上她母亲所走的路——在《樱海集》所载的《月牙儿》便是这件事的变形。可是在《大明湖》里，这个孤苦的女儿到了也要跳湖的时候，被人救出而结了婚。救她的人是兄弟三个，老大老二是对双生的弟兄，也就是故事中的男主角。

在这一对男主角身上，爱情的穿插没有多少重要，主要的是在描写他俩的心理上的变动。他们是双生子，长得一样，而且极相爱，可是他们的性格极不相同。他们想尽方法去彼此明白与谅解，可是不能随心如意；他们到底有个自己，这个自己不会因爱心与努力而溶解在另一个自己里。他俩在外表上是一模一样，而在内心上是背道而驰。老大表现着理智的能力，老二表现着感情的热烈。一冷一热，而又不肯公然冲突。这象征着“学问呢，还是革命呢？”的不易决定。老大是理智的，可是被疾病征服的时候，在梦里似地与那个孤女发生了关系，结果非要她不可——大团圆。

可是这个大团圆是个悲剧的——假如这句话可以说得通——“五三”事件发生了，老三被杀。剩下老大老二，一个用脑，一个用心，领略着国破家亡的滋味。

由这点简要的述说可以看出来《大明湖》里实在包含着许多问题，在思想上似乎是有些进步。可是我并不满意这本作品，因为文字太老实。前面说过了：此书中没有一句幽默的话，而文字极其平淡无奇，念着很容易使人打盹儿。我是个爽快的人，当说起笑话来，我的想象便能充分的活动，随笔所至自自然然的就有趣味。教我哭丧着脸讲严重的问题与事件，我的心沉下去，我的话也不来了！

在暑假后把它写成，交给张西山兄看了一遍，还是寄给《小说月报》。因为刚登完了《小坡的生日》，所以西谛兄说留到过了年再登吧。过了年，稿子交到印工手里去，“一·二八”的火把它烧成了灰。没留副稿。我向来不留副稿。想好就写，写完一大段，看看，如要不得，便扯了另写；如能要，便只略修改几个字，不作更大的更动。所以我的稿子多数是写得很清楚。我雇不起书记给另抄一遍，也不愿旁人代写。稿子既须自己写，所以无论故事多么长，总是全篇写完才敢寄出去，没胆子写一点发表一点。全篇寄出去，所以要烧也就都烧完；好在还痛快！

有好几位朋友劝我再写《大明湖》，我打不起精神来。创作的那点快乐不能在默写中找到。再说呢，我实在不甚满意它，何必再写。况且现在写出，必须用许多 ×× 与……，更犯不着了。

到济南后，自己印了稿纸，张大格大，一张可写九百多字。用新稿纸写的第一部小说就遭了火劫，总算走“红”运！

原载 1935 年 11 月 16 日《宇宙风》第 5 期。

我怎样写《猫城记》

自《老张的哲学》到《大明湖》，都是交《小说月报》发表，而后由商务印书馆印单行本。《大明湖》的稿子烧掉，《小坡的生日》的底版也殉了难；后者，经过许多日子，转让给生活书店承印。《小说月报》停刊。施蛰存兄主编的《现代》杂志为沪战后唯一的有起色的文艺月刊，他约我写个“长篇”，我答应下来；这是我给别的刊物——不是《小说月报》了——写稿子的开始。这次写的是《猫城记》。登完以后，由现代书局出书，这是我在别家书店——不是“商务”了——印书的开始。

《猫城记》，据我自己看，是本失败的作品。它毫不留情地揭显出我有块多么平凡的脑子。写到了一半，我就想收兵，可是事实不允许我这样作，硬把它凑完了！有人说，这本书不幽默，所以值得叫好，正如梅兰芳反串小生那样值得叫好。其实，这只是因为讨厌了我的幽默，而不是这本书有何好处。吃厌了馒头，偶尔来碗粗米饭也觉得很香，并非是真香。说真的，《猫城记》根本应当幽默，因为它是篇讽刺文章：讽刺与幽默在分析时有显然的不同，但在应用上永远不能严格地分隔开。越是毒辣的讽刺，越当写得活动有趣，把假托的人与事全要精细的描写出，有声有色，有骨有肉，看起来头头是道，活像有此等人与此等事；把讽刺埋伏在这个底下，而后才文情并懋，骂人才骂到家。它不怕是写三寸丁的小人国，还是写酸臭的君子之邦，它得先把所凭借的寓言写活，而后才能仿佛把人与事玩之股掌之上，细细的创造出，而后捏着骨缝儿狠狠的骂，使人哭不得笑不得。它得活跃，灵动，玲珑和幽默。必须幽默。不要幽默也成，那得有更厉害的文笔，与极聪明的脑子，一个巴掌一个红印，一个闪一个雷。我没有这样厉害的手与脑，而又舍去我较有把握的幽默，《猫城记》就没法不爬在地上，像只折了翅的鸟儿。

在思想上，我没有积极的主张与建议。这大概是多数讽刺文字的弱点，不过好的讽刺文字是能一刀见血，指出人间的毛病的：虽然缺乏对思想的领导，究竟能找出病根，而使热心治病的人知道该下什么药。我呢，既不能有积极的领导，又不能精到的搜出病根，所以只有讽刺的弱点，而没得到它的正当效用。我所思虑的就是普通一般人所思虑的，本用不着我说，因为大家都知道。眼前的坏现象是我最关切的；为什么有这种恶劣现象呢？我回答不出。跟一般人相同，我拿“人心不古”——虽然没用这四个字——来敷衍。这只是对人与事的一种惋惜，一种规劝；惋惜与规劝，是“阴骘文”的正当效用——其效用等于说废话。这连讽刺也够不上了。似是而非的主张，即使无补于事，也还能显出点讽刺家的聪明。我老老实实的谈常识，而美其名为讽刺，未免太荒唐了。把讽刺改为说教，越说便越腻得慌：敢去说教的人不是绝顶聪明的，便是傻瓜。我知道我不是顶聪明，也不肯承认是地道傻瓜；不过我既写了《猫城记》，也就没法不叫自己傻瓜了。

自然，我为什么要写这样一本不高明的东西也有些外来的原因。头一个就是对国事的失望，军事与外交种种的失败，使一个有些感情而没有多大见解的人，像我，容易由愤恨而失望。失望之后，这样的人想规劝，而规劝总是妇人之仁的。一个完全没有思想的人，能在粪堆上找到粮食；一个真有思想的人根本不将就这堆粪。只有半瓶子醋的人想维持这堆粪而去劝告苍蝇：“这儿不卫生！”我吃了亏，因为任着外来的刺激去支配我的“心”，而一时忘了我还有块“脑子”。我居然去劝告苍蝇了！

不错，一个没有什么思想的人，满能写出很不错的文章来；文学史上有许多这样的例子。可是，这样的专家，得有极大的写实本领，或是极大的情绪感诉能力。前者能将浮面的观感详实的写下来，虽然不像显微镜那么厉害，到底不失为好好的一面玻璃镜，映出个真的世界。后者能将普通的感触，强有力的道出，使人感动。可是我呢，我是写了篇讽刺。讽刺必须高超，而我不高超。讽刺要冷静，于是我不能大吹大擂，而扭扭捏捏。既未能悬起一面镜子，又不能向人心掷去炸弹，这就很可怜了。

失了讽刺而得到幽默，其实也还不错。讽刺与幽默虽然是不同的心态，可是都得有点聪明。运用这点聪明，即使不能高明，究竟能见出些性灵，至少是在文字上。我故意的禁止幽默，于是《猫城记》就一无可取了。《大明湖》失败在前，《猫城记》紧跟着又来了个第二次。朋友们常常劝我不要幽默了，我感谢，我也知道自己常因幽默而流于讨厌。可是经过这两次的失败，我才明白一条狗很难变成一只猫。我有时候很想努力改过，偶尔也能因努力而写出篇郑重、有点模样的东西。但是这种东西总缺乏自然的情趣，像描眉擦粉的小脚娘。让我信口开河，我的讨厌是无可否认的，可是我的天真可爱处也在里边，Aristophanes（阿里斯多芬）的撒野正自不可及；我不想高攀，但也不必因谦虚而抹杀事实。

自然，这两篇东西——《大明湖》与《猫城记》——也并非对我全无好处：它们给我以练习的机会，练习怎样老老实实的写述，怎样瞪着眼说谎而说得怪起劲。虽然它们的本身是失败了，可是经过一番失败总多少增长些经验。

《猫城记》的体裁，不用说，是讽刺文章最容易用而曾经被文人们用熟了的。用个猫或人去冒险或游历，看见什么写什么就好了。冒险者到月球上去，或到地狱里去，都没什么关系。他是个批评家，也许是个伤感的新闻记者。《猫城记》的探险者分明是后一流的，他不善于批评，而有不少浮浅的感慨；他的报告于是显着像赴宴而没吃饱的老太婆那样回到家中瞎唠叨。

我早就知道这个体裁。说也可笑，我所以必用猫城，而不用狗城者，倒完全出于一件家庭间的小事实——我刚刚抱来个黄白花的小猫。威尔思的 *The First Man in the Moon*（《月亮上的第一个人》），把月亮上的社会生活与蚂蚁的分工合作相较，显然是有意地指出人类文明的另一途径。我的猫人之所以为猫人却出于偶然。设若那天我是抱来一只兔，大概猫人就变成兔人了；虽然猫人与兔人必是同样糟糕的。

猫人的糟糕是无可否认的。我之揭露他们的坏处原是出于爱他们也是无可否认的。可惜我没给他们想出办法来。我也糟糕！可是，我必须说出来：即使我给猫人出了最高明的主意，他们一定会把这个主意弄成个五光十色的大笑话；猫人的糊涂与聪明是相等的。我爱他们，惭愧！我到底只能讽刺他们了！况且呢，我和猫人相处了那么些日子，我深知道我若是直言无隐的攻击他们，而后再给他们出好主意，他们很会把我偷偷的弄死。我的怯懦正足以暗示出猫人的勇敢，何等的勇敢！算了吧，不必再说什么了！

原载1935年12月1日《宇宙风》第6期。

我怎样写《骆驼祥子》

从何月何日起，我开始写《骆驼祥子》？已经想不起来了。我的抗战前的日记已随同我的书籍全在济南失落，此事恐永无对证矣。

这本书和我的写作生活有很重要的关系。在写它以前，我总是以教书为正职，写作为副业，从《老张的哲学》起到《牛天赐传》止，一直是如此。这就是说，在学校开课的时候，我便专心教书，等到学校放寒暑假，我才从事写作。我不甚满意这个办法。因为它使我既不能专心一志的写作，而又终年无一日休息，有损于健康。在我从国外回到北平的时候，我已经有了去做职业写家的心意；经好友们的谆谆劝告，我才就了齐鲁大学的教职。在“齐大”辞职后，我跑到上海去，主要的目的是在看看有没有作职业写家的可能。那时候，正是“一·二八”以后，书业不景气，文艺刊物很少，沪上的朋友告诉我不要冒险。于是，我就接了山东大学的聘书。我不喜欢教书，一来是我没有渊博的学识，时时感到不安；二来是即使我能胜任，教书也不能给我像写作那样的愉快。为了一家子的生活，我不敢独断独行地丢掉了月间可靠的收入，可是我的心里一时一刻也没忘掉尝一尝职业写家的滋味。

事有凑巧，在“山大”教过两年书之后，学校闹了风潮，我便随着许多位同事辞了职。这回，我既不想到上海去看看风向，也没同任何人商议，便决定在青岛住下去，专凭写作的收入过日子。这是“七七”抗战的前一年。《骆驼祥子》是我作职业写家的第一炮。这一炮要放响了，我就可以放胆的作下去，每年预计着可以写出两部长篇小说来。不幸这一炮若是不过火，我便只好再去教书，也许因为扫兴而完全放弃了写作。所以我说，这本书和我的写作生活有很重要的关系。

记得是在一九三六年春天吧，“山大”的一位朋友跟我闲谈，随便地谈到他在北平时曾用过一个车夫。这个车夫自己买了车，又卖掉，如此三起三落，到末了还是受穷。听了这几句简单的叙述，我当时就说：“这颇可以写一篇小说。”紧跟着，朋友又说：有一个车夫被军队抓了去，哪知道，转祸为福，他乘着军队移动之际，偷偷的牵回三匹骆驼回来。

这两个车夫都姓什么？哪里的人？我都没问过。我只记住了车夫与骆驼。这便是骆驼祥子的故事的核心。

从春到夏，我心里老在盘算，怎样把那一点简单的故事扩大，成为一篇十多万字的小说。

不管用得着与否，我首先向齐铁恨先生打听骆驼的生活习惯。齐先生生长在北平的西山，山下有许多家养骆驼的。得到他的回信，我看出来，我须以车夫为主，骆驼不过是一点陪衬，因为假若以骆驼为主，恐怕我就须到“口外”去一趟，看看草原与骆驼的情景了。若以车夫为主呢，我就无须到口外去，而随时随处可以观察。这样，我便把骆驼与祥子结合到一处，而骆驼只负引出祥子的责任。

怎么写祥子呢？我先细想车夫有多少种，好给他一个确定的地位。把他的地位确定了，我便可以把其余的各种车夫顺手儿叙述出来；以他为主，以他们为宾，既有中心人物，又有他的社会环境，他就可以活起来了。换言之，我的眼一时一刻也不离开祥子；写别的人正可以烘托他。

车夫们而外，我又去想，祥子应该租赁哪一车主的车，和拉过什么样的人。这样，我便把他的车夫社会扩大了，而把比他的地位高的人也能介绍进来。可是，这些比他高的人物，也还是因祥子而存在故事里，我决定不许任何人夺去祥子的主角地位。

有了人，事情是不难想到的。人既以祥子为主，事情当然也以拉车为主。只要我教一切的人都和车发生关系，我便能把祥子拴住，像把小羊拴在草地上的柳树下那样。

可是，人与人，事与事，虽以车为联系，我还感觉着不易写出车夫的全部生活来。于是，我还再去想：刮风天，车夫怎样？下雨天，车夫怎样？假若我能把这些细琐的遭遇写出来，我的主角便必定能成为一个最真确的人，不但吃的苦，喝的苦，连一阵风，一场雨，也给他的神经以无情的苦刑。

由这里，我又想到，一个车夫也应当和别人一样地有那些吃喝而外的问题。他也必定有志愿，有性欲，有家庭和儿女。对这些问题，他怎样解决呢？他是否能解决呢？这样一想，我所听来的简单的故事便马上变成了一个社会那么大。我所要观察的不仅是车夫的一点点的浮现在衣冠上的、表现在言语与姿态上的那些小事情了，而是要由车夫的内心状态观察到地狱究竟是什么样子。车夫的外表上的一切，都必有生活与生命上的根据。我必须找到这个根源，才能写出个劳苦社会。

由一九三六年春天到夏天，我入了迷似地去搜集材料，把祥子的生活与相貌变换过不知多少次——材料变了，人也就随着变。

到了夏天，我辞去了“山大”的教职，开始把祥子写在纸上。因为酝酿的时期相当的长，搜集的材料相当得多，拿起笔来的时候我并没感到多少阻碍。一九三七年一月，“祥子”开始在《宇宙风》上出现，作为长篇连载。当发表第一段的时候，全部还没有写完，可是通篇的故事与字数已大概地有了准谱儿，不会有很大的出入。假若没有这个把握，我是不敢一边写一边发表的。刚刚入夏，我将它写完，共二十四段，恰合《宇宙风》每月要两段，连载一年之用。

当我刚刚把它写完的时候，我就告诉了《宇宙风》的编辑：这是一本最使我自己满意的作品。后来，刊印单行本的时候，书店即以此语嵌入广告中。它使我满意的地方大概是：（一）故事在我心中酝酿得相当的长久，收集的材料也相当得多，所以一落笔便准确，不蔓不枝，没有什么敷衍的地方。（二）我开始专以写作为业，一天到晚心中老想着写作这一回事，所以虽然每天落在纸上的不过是一二千字，可是在我放下笔的时候，心中并没有休息，依然是在思索；思索的时候长，笔尖上便能滴出血与泪来。（三）在这故事刚一开头的时候，我就决定抛开幽默而正正经经地去写。在往常，每逢遇到可以幽默一下的机会，我就必抓住它不放手。有时候，事情本没什么可笑之处，我也要运用俏皮的言语，勉强地使它带上点幽默味道。这，往好里说，足以使文字活泼有趣；往坏里说，就往往招人讨厌。《祥子》里没有这个毛病。即使它还未能完全排除幽默，可是它的幽默是出自事实本身的可笑，而不是由文字里硬挤出来的。这一决定，使我的作风略有改变，教我知道了只要材料丰富，心中有话可说，就不必一定非幽默不足叫好。（四）既决定了不利用幽默，也就自然的决定了文字要极平易，澄清如无波的湖水。因为要求平易，我就注意到如何在平易中而不死板。恰好，在这时候，好友顾石君先生供给了我许多北平口语中的字和词。在平日，我总以为这些词汇是有音无字的，所以往往因写不出而割爱。现在，有了顾先生的帮助，我的笔下就丰富了许多，而可以从容调动口语，给平易的文字添上些亲切、新鲜、恰当、活泼的味儿。因此，《祥子》可以朗诵。它的言语是活的。

《祥子》自然也有许多缺点。使我自己最不满意的是收尾收得太慌了一点。因为连载的关系，我必须整整齐齐的写成二十四段；事实上，我应当多写两三段才能从容不迫的刹住。这，可是没法补救了，因为我对已发表过的作品是不愿再加修改的。

《祥子》的运气不算很好：在《宇宙风》上登刊到一半就遇上“七七”抗战。《宇宙风》何时在沪停刊，我不知道；所以我也不知道，《祥子》全部登完过没有。后来，《宇宙风》社迁到广州，首先把《祥子》印成单行本。可是，据说刚刚印好，广州就沦陷了，《祥子》便落在敌人的手中。《宇宙风》又迁到桂林，《祥子》也又得到出版的机会，但因邮递不便，在渝蓉各地就很少见到它。后来，文化生活出版社把纸型买过来，它才在大后方稍稍活动开。

近来，《祥子》好像转了运，据友人报告，它已被译成俄文、日文与英文。

原载 1945 年 7 月重庆《青年知识》第 1 卷第 2 期。

《关友声画集》序

友声是个可爱的人。他很有趣：乍一看，他是少年老成，胖胖的，和和气气的，非常的温厚。哪知道，他心中却有许多玩艺儿。他会唱，善弈，能写，精于绘画。有这几种本事的人，往往留着长头发，眼睛望着天，自居天才。友声可不这样，他一点不露；他就那么胖胖的，温善的，不说长道短，不露名士的气派，更不以狂浪的行为自损以自高。他背地里下功夫，一声不发，你非和他很熟识了，总不会知道他有才分。和他摆盘棋就晓得他的厉害了；虽然他不以为这有什么了不得。他最见长的是画山水。

谁都知道，中国画里以山水为最难，有真功夫还不够，得有真才力与识见。严格的说，既非画山，也非画水，而是绘出心灵对大自然的趣味与设想。不但物境的壮伟或闲逸是由心境而然，就是物境的形式之美也是随心所欲——把山水画在扇面上，并非世上真有那么座扇面山，而是把山树云水创设在扇面上，以表现一点什么意思与境界。画家时时创造着新天地。难处也就在这里，心中无物便什么也画不出。

友声善绘山水，他胸中自然是有真东西。他用工也很勤，看的又多，才力与经验自然是艺术成就上的一对法宝。就他的作品说，他的画正如他的人，笔墨深厚而灵动，很足以表现他自己。深厚使人神凝，灵动令人气爽。与他交往，和看他的作品，都觉到这两样。他非常的用功。可是画中没有吃力不自然的地方；他极厚道，可是有艺术的天才。这是人格的美与艺术的美之调和，也就是艺术的陶冶与人格的修养之所以相成；所以我说他可爱。

现在他把过去的作品汇印成集；设若认识作家有助于作品的欣赏，我这点介绍便多少有些意思。

原载《关友声画集》，北平京城印书局1934年初版。

怎样读小说

写一本小说不容易，读一本小说也不容易。平常人读小说，往往以为既是“小”说，必无关宏旨，所以就随便一看，看完了顺手一扔，有无心得，全不过问。这个态度，据我看，是不大对的。光阴是宝贵的，我们既破工夫去念一本书，而又不问有无心得，岂不是浪费了光阴么？我们要这样去读小说，何不去玩玩球，练练武术，倒还有益于身体呀？再说，小说之所以能够存在，并不见完全因为它“小”而易读，可供消遣。反之，它之所以能够存在，正因为它有它特具的作用，不是别的书籍所能替代的。化学不能代替心理学，物理学不能代替历史；同样的，别的任何书籍也都不能代替小说。小说是讲人生经验的。我们读了小说，才会明白人间，才会知道处身涉世的道理。这一点好处不是别的书籍所能供给我们的。哲学能教咱们“明白”，但是它不如小说说得那么有趣，那么亲切，那么感动人，因为哲学太板着面孔说话，而小说则生龙活虎的去描写，使人感到兴趣，因而也就不知不觉地发生了潜移默化的作用。历史也写人间，似乎与小说相同。可是，一般的说，历史往往缺乏着文艺性，使人念了头疼；即使含有文艺性，也不能像小说那样圆满生动，活龙活现。历史可以近乎小说，但代替不了小说。世间恐怕只有小说能原原本本、头头是道的描画人世生活，并且能暗示出人生意义。就是戏剧也没有这么大的本事，因为戏剧须摆在舞台上去，而舞台的限制就往往教剧本不能像小说那样自由描画。于此，我们知道了，小说是在书籍里另成一格，也就与别种书籍同样的有它独立的、无可代替的价值与使命。它不是仅供我们念着“玩”的。

读小说，第一能教我们得到益处的，便是小说的文字。世界上虽然也有文字不甚好的伟大小说，但是一般的来说，好的小说大多数是有好文字的。所以，我们读小说时，不应只注意它的内容，也须学习它的文字：看它怎么以最少的文字，形容出复杂的心态物态来；看它怎样用最恰当的文字，把人情物状一下子形容出来，活生生的立在我们的眼前。况且一部小说中，又是有人有景有对话，千状万态，包罗万象，更是使我们心宽眼亮，多见多闻；假若我们细心去读的话，它简直就是一部最好的最丰富的模范文。反之，假若我们读到一部文字不甚好的小说，即使它有些内容，我们也就知道这部小说是不甚完美的，因为它有个文字拙劣的缺点。在我们读过一段描写人，或描写事物的文字以后，试把小说放在一边，而自己拟作一段，我们便得到很不小的好处，因为拿我们自己的拟作与原文一比，就看出来人家的是何等简洁有力，或委宛多姿。而且还可以看出来，人家之所以能体贴入微者，必是由真正的经验而来，并不是先写好了“人生于世”而后敷衍成章的。假若我们也要写好文章，我们便也应该去细心观察人生与事物，观察之后，加以揣摩，而后我们才能把其中的精彩部分捉到，下笔如有神矣。闭着眼瞎想是写不出来东西的。

文字以外，我们该注意的是小说的内容。要断定一本小说内容的好坏，颇不容易，因为世间的任何一件事都可以作为小说的材料，实在不容易分别好坏。不过，大概的说，我们可以这样来决定：关心社会的便好，不关心社会的便坏。这似乎是说，要看作者的态度如何了。同一件事，在甲作家手里便当作一个社会问题而提出之，在乙作家手里或者就当作一件好玩的事来说。前者的态度严肃，关切人生；后者的态度随便，不关切人生。那么，前者就给我们一些知识，一点教训，所以好；后者只是供我们消遣，白费了我们的光阴，所以不好。青年们读小说，往往喜爱剑侠小说。行侠仗义，好打不平，本是一个黑暗社会中应有的好事。倘若作者专向着“侠”字这一方面去讲，他多少必能激动我们的正义感，使我们也要有除暴安良的抱负。反之，倘若作者专注意到“剑”字上去，说什么口吐白光，斗了三天三夜的法而不分胜负，便离题太远，而使我们渐渐走入魔道了。青年们没有多少判断能力，而且又血气方刚，喜欢热闹，故每每以惊奇与否断定小说的好歹，而不知惊奇的事未必有什么道理，我们费了许多光阴去阅读，并不见得有丝毫的好处。同样的，小说的穿插若专为故作惊奇，并不见得就是好作品，因为卖关子，耍笔调，都是低卑的技巧；而好的小说，虽然没有这些花样，也自能引人入胜。一部好的小说，必是真有的说，真值的说；它决不求助于小小的技巧来支持门面。作者要怎样说，自然有个打算，但是这个打算是想把故事如何表现得更圆满更生动更经济，绝不是多绕几个圈子把故事拉得长长的，好多赚几个钱。所以，我们读一本小说，绝不该以内容与穿插的惊奇与否而定去取，而是要以作者怎样处理内容的态度，和怎样设计去表现，去定好坏。假若我们能这样去读小说，则小说一定不是只供消遣的东西，而是对我们的文学修养，与处世的道理，都大有裨益的。

原载 1943 年 3 月 10 日《国文杂志》第 1 卷 4、5 期合刊。

言语与风格

小说是用散文写的，所以应当力求自然。诗中的装饰用在散文里不一定有好结果，因为诗中的文字和思想同是创造的，而散文的责任则在运用现成的言语把意思正确的传达出来。诗中的言语也是创造的，有时候把一个字放在那里，并无多少意思，而有些说不出来的美妙。散文不能这样，也不必这样。自然，假若我们高兴的话，我们很可以把小说中的每一段都写成一首散文诗。但是，文字之美不是小说的唯一的责任。专在修辞上讨好，有时倒误了正事。本此理，我们来讨论下面的几点：

（一）用字：佛罗贝（现通译福楼拜）说，每个字只有一个恰当的形容词。这在一方面是说选字须极谨慎，在另一方面似乎是说散文不能像诗中那样创造言语，所以我们须去找到那最自然最恰当最现成的字。在小说中，我们可以这样说，用字与其俏皮，不如正确；与其正确，不如生动。小说是要绘色绘声的写出来，故必须生动。借用一些诗中的装饰，适足以显出小气呆死，如蒙旦（现通译蒙田）所言："在衣冠上，如以一些特别的，异常的，式样以自别，是小气的表示。言语也如是，假若出于一种学究的或儿气的志愿而专去找那新词与奇字。”青年人穿戴起古代衣冠，适见其丑。我们应以佛罗贝的话当作找字的应有的努力，而以蒙旦的话为原则——努力去找现成的活字。在活字中求变化，求生动，文字自会活跃。

（二）比喻：约翰孙博士（Samuel Johnson，英国文学评论家，诗人）说：“司微夫特这个家伙永远不随便用个比喻。”这是句赞美的话。散文要清楚利落的叙述，不仗着多少“我好比”叫好。比喻在诗中是很重要的，但在散文中用得过多便失了叙述的力量与自然。看《红楼梦》中描写黛玉：“两弯似蹙非蹙笼烟眉，一双似喜非喜含情目。态生两靥之愁。娇袭一身之病。泪光点点。娇喘微微。闲静似娇花照水，行动如弱柳扶风。心较比干多一窍，病如西子胜三分。”这段形容犯了两个毛病：第一是用诗语破坏了描写的能力；念起来确有诗意，但是到底有肯定的描写没有？在诗中，像“泪光点点”与“闲静似娇花照水”一路的句子是有效力的，因为诗中可以抽出一时间的印象为长时间的形容：有的时候她泪光点点，便可以用之来表现她一生的状态。在小说中，这种办法似欠妥当，因为我们要真实的表现，便非从一个人的各方面与各种情态下表现不可。她没有不泪光点点的时候么？她没有闹气而不闲静的时候么？第二，这一段全是修辞，未能由现成的言语中找出恰能形容出黛玉的字来。一个字只有一个形容词，我们应再给补充上：找不到这个形容词便不用也好。假若不适当的形容词应当省去，比喻就更不用说了。没有比一个精到的比喻更能给予深刻的印象的，也没有比一个可有可无的比喻更累赘的。我们不要去费力而不讨好。

比喻由表现的能力上说，可以分为表露的与装饰的。散文中宜用表露的——用个具体的比方，或者说得能更明白一些。庄子最善用这个方法，像庖丁以解牛喻见道便是一例，把抽象的哲理作成具体的比拟，深入浅出的把道理讲明。小说原是以具体的事实表现一些哲理，这自然是应有的手段。凡是可以拿事实或行动表现出的，便不宜整本大套的去讲道说教。至于装饰的比喻，在小说中是可以免去便免去的。散文并不能因为有些诗的装饰便有诗意。能直写，便直写，不必用比喻。比喻是不得已的办法。不错，比喻能把印象扩大增深，用两样东西的力量来揭发一件东西的形态或性质，使读者心中多了一些图像：人的闲静如娇花照水，我们心中便于人之外，又加了池畔娇花的一个可爱的景色。但是，真正有描写能力的不完全靠着这个，他能找到很好的比喻，也能直接的捉到事物的精髓，一语道破，不假装饰。比如说形容一个癞蛤蟆，而说它"谦卑的工作着"，便道尽了它的生活姿态，很足以使我们落下泪来：一个益虫，只因面貌丑陋，总被人看不起。这个，用不着什么比喻，更用不着装饰。我们本可以用勤苦的丑妇来形容它，但是用不着；这种直写法比什么也来得大方，有力量。至于说它丑若无盐，毫无曲线美，就更用不着了。

（三）句：短句足以表现迅速的动作，长句则善表现缠绵的情调。那最短的以一二字作成的句子足以助成戏剧的效果。自然，独立的一语有时不足以传达一完整的意念，但此一语的构成与所欲给予的效果是完全的，造句时应注意此点；设若句子的构造不能独立，即是失败。以律动言，没有单句的音节不响而能使全段的律动美好的。每句应有它独立的价值，为造句的第一步。及至写成一段，当看那全段的律动如何，而增减各句的长短。说一件动作多而急速的事，句子必须多半短悍，一句完成一个动作，而后才能见出继续不断而又变化多端的情形。试看《水浒传》里的“血溅鸳鸯楼”：

“武松道：‘一不作，二不休！杀了一百个也只一死！’提了刀，下楼来。夫人问道：‘楼上怎地大惊小怪？’武松抢到房前。夫人见条大汉入来，兀自问道：‘是谁？’武松的刀早飞起，劈面门剁着，倒在房前声唤。武松按住，将去割头时，刀切不入。武松心疑，就月光下看那刀时，已自都砍缺了。武松道：‘可知割不下头来！’便抽身去厨房下拿取朴刀。丢了缺刀。翻身再入楼下来……”

这一段有多少动作？动作与动作之间相隔多少时间？设若都用长句，怎能表现得这样急速火炽呢！短句的效用如是，长句的效用自会想得出的。造句和选字一样，不是依着它们的本身的好坏定去取，而是应当就着所要表现的动作去决定。在一般的叙述中，长短相间总是有意思的，因它们足以使音节有变化，且使读者有缓一缓气的地方。短句太多，设无相当的事实与动作，便嫌紧促；长句太多，无论是说什么，总使人的注意力太吃苦，而且声调也缺乏抑扬之致。

在我们的言语中，既没有关系代名词，自然很难造出平匀美好的复句来。我们须记住这个，否则一味的把有关系代名词的短句全变成很长很长的形容词，一句中不知有多少个“的”，使人没法读下去了。在作翻译的时候，或者不得不如此；创作既是要尽量的发挥本国语言之美，便不应借用外国句法而把文字弄得不自然了。“自然”是最要紧的。写出来而不能读的便是不自然。打算要自然，第一要维持言语本来的美点，不作无谓的革新；第二不要多说废话及用套话，这是不作无聊的装饰。

写完几句，高声的读一遍，是最有益处的事。

（四）节段：一节是一句的扩大。在散文中，有时非一气读下七八句去不能得个清楚的观念。分节的功用，那么，就是在叙述程序中指明思路的变化。思想设若能有形体，节段便是那个形体。分段清楚、合适，对于思想的明晰是大有帮助的。

在小说里，分节是比较容易的，因为既是叙述事实与行动，事实与行动本身便有起落首尾。难处是在一节的律动能否帮助这一段事实与行动，恰当的，生动的，使文字与所叙述的相得益彰，如有声电影中的配乐。严重的一段事实，而用了轻飘的一段文字，便是失败。一段文字的律动音节是能代事实道出感情的，如音乐然。

（五）对话：对话是小说中最自然的部分。在描写风景人物时，我们还可以有时候用些生字或造些复杂的句子；对话用不着这些。对话必须用日常生活中的言语；这是个怎样说的问题，要把顶平凡的话调动得生动有力。我们应当与小说中的人物十分熟识，要说什么必与时机相合，怎样说必与人格相合。顶聪明的句子用在不适当的时节，或出于不相合的人物口中，便是作者自己说话。顶普通的句子用在合适的地方，便足以显露出人格来。什么人说什么话，什么时候说什么话，是最应注意的。老看着你的人物，记住他们的性格，好使他们有他们自己的话。学生说学生的话，先生说先生的话，什么样的学生与先生又说什么样的话。看着他的环境与动作，他在哪里和干些什么，好使他在某时某地说什么。对话是小说中许多图像的联接物，不是演说。对话不只是小说中应有这么一项而已，而是要在谈话里发出文学的效果；不仅要过得去，还要真实，对典型真实，对个人真实。

一般的说，对话须简短。一个人滔滔不绝的说，总缺乏戏剧的力量。即使非长篇大论的独唱不可，亦须以说话的神气，手势，及听者的神色等来调剂，使不至冗长沉闷。一个人说话，即使是很长，另一人时时插话或发问，也足以使人感到真像听着二人谈话，不至于像听留声机片。答话不必一定直答所问，或旁引，或反诘，都能使谈话略有变化。心中有事的人往往所答非所问，急于道出自己的忧虑，或不及说完一语而为感情所阻断。总之，对话须力求像日常谈话，于谈话中露出感情，不可一问一答，平板如文明戏的对口。

善于运用对话的，能将不必要的事在谈话中附带说出，不必另行叙述。这样往往比另作详细陈述更有力量，而且经济。形容一段事，能一半叙述，一半用对话说出，就显着有变化。譬若甲托乙去办一件事，乙办了之后，来对甲报告，反比另写乙办事的经过较为有力。事情由口中说出，能给事实一些强烈的感情与色彩。能利用这个，则可以免去许多无意味的描写，而且老教谈话有事实上的根据——要不说空话，必须使事实成为对话资料的一部分。

风格：风格是什么？暂且不提。小说当具怎样的风格？也很难规定。我们只提出几点，作为一般的参考：

（一）无论说什么，必须真诚，不许为炫弄学问而说。典故与学识往往是文字的累赘。

（二）晦涩是致命伤，小说的文字须于清浅中取得描写的力量。Meredith（梅瑞狄斯）每每写出使人难解的句子，虽然他的天才在别的方面足以补救这个毛病，但究竟不是最好的办法。

（三）风格不是由字句的堆砌而来的，它是心灵的音乐。叔本华说："形容词是名词的仇敌。"是的，好的文字是由心中炼制出来的；多用些泛泛的形容字或生僻字去敷衍，不会有美好的风格。

（四）风格的有无是绝对的，所以不应去摹仿别人。风格与其说是文字的特异，还不如说是思想的力量。思想清楚，才能有清楚的文字。逐字逐句的去摹写，只学了文字，而没有思想作基础，当然不会讨好。先求清楚，想得周密，写得明白；能清楚而天才不足以创出特异的风格，仍不失为清楚；不能清楚，便一切无望。

原载1936年12月16日《宇宙风》第31期。

文艺与木匠

一位木匠的态度，据我看，最好是：（一）要作个好木匠；（二）虽然自己已成为好木匠，可是绝不轻看皮匠，鞋匠，泥水匠，和一切的匠。

此态度适用于木匠，也适用于文艺写家。我想，一位写家既已成为写家，就该不管生活怎么苦，工作怎样繁重，还要继续努力，以期成为好的写家，更好的写家，最好的写家。同时，他须认清：一个写家既不能兼作木匠，瓦匠，他便该承认五行八作的地位与价值，不该把自己视为至高无上，而把别人踩在脚底下。

我有三个小孩。除非他们自己愿意，而且极肯努力，作文艺写家，我决不鼓励他们；因为我看他们作木匠，瓦匠，或作写家，是同样有意义的，没有高低贵贱之别。

假若我的一个小孩决定作木匠去，除了劝告他要成为一个好木匠之外，我大概不会絮絮叨叨的再多讲什么，因为我自己并不会木工，无须多说废话。

假若他决定去作文艺写家，我的话必然的要多了一些，因为我自己知道一点此中甘苦。

第一，我要问他：你有了什么准备？假若他回答不出，我便善意的，虽然未必正确的，向他建议：你先要把中文写通顺了。所谓通顺者，即字字妥当，句句清楚。假若你还不能作到通顺，请你先去练习文字吧，不要开口文艺，闭口文艺。文字写通顺了，你要“至少”学会一种外国语，给自己多添上一双眼睛。这样，中文能写通顺，外国书能念，你还须去生活。我看，你到三十岁左右再写东西，绝不算晚。

第二，我要问他：你是不是以为作家高贵，木匠卑贱，所以才舍木工而取文艺呢？假若你存着这个心思，我就要毫不客气的说：你的头脑还是科举时代的，根本要不得！况且，去学木工手艺，即使不能成为第一流的木匠，也还可以成为一个平常的木匠；即使不能有所创造，还能不失规矩的仿制；即使贡献不多，也还不至于糟踏东西。至于文艺呢，假若你弄不好的话，你便糟践不知多少纸笔，多少时间——你自己的，印刷人的，和读者的；罪莫大焉！你看我，已经写作了快二十年，可有什么成绩？我只感到愧悔，没有替人盖成过一间小屋，作成过一张茶几，而只是浪费了多少笔墨，谁也不曾得到我一点好处！高贵吗？啊，世上还有高贵的废物呢？

第三，我要问他：你是不是以为作写家比作别的更轻而易举呢？比如说，作木匠，须学好几年的徒，出师以后，即使技艺出众，也还不过是默默无闻的匠人；治文艺呢，你可以用一首诗，一篇小说，而成名呢？我告诉你，你这是有意取巧，避重就轻。你要知道，你心中若没有什么东西，而轻巧的以一诗一文成了名，名适足以害了你！名使你狂傲，狂傲即近于自弃。名使你轻浮、虚伪。文艺不是轻而易举的东西，你若想借它的光得点虚名，它会极厉害的报复，使你不但挨不近它的身，而且会把你一脚踢倒在尘土上！得了虚名，而丢失了自己，最不上算。

第四，我要问他：你若干文艺，是不是要干一辈子呢？假若你只干一年半载，得点虚名便闪躲开，借着虚名去另谋高就，你便根本是骗子！我宁愿你死了，也不忍看你作骗子！你须认定：干文艺并不比作木匠高贵，可是比作木匠还更艰苦。在文艺里找黄金美人，你算是看错了地方！

第五，我要告诉他：你别以为我干这一行，所以你也必须来个"家传"。世上有用的事多得很，你有择取的自由。我并不轻看文艺，正如同我不轻看木匠。我可是也不过于重视文艺，因为只有文艺而没有木匠也成不了世界。我不后悔干了这些年的笔墨生涯，而只恨我没能成为好的写家。作官教书都可以辞职，我可不能向文艺递辞呈，因为除了写作，我不会干别的；已到中年，又极难另学会些别的。这是我的痛苦，我希望你别再来一回。不过，你一定非作写家不可呢，你便须按着前面的话去准备，我也不便绝对不同意，你有你的自由。你可得认真的去准备啊！

原载于1942年8月16日《时事新报》。

辑四 书信

老舍墓碑："文艺界尽责的小卒，睡在这里。"

致子祥兄

一九二五年九月二日

子祥兄：

顷得友书，谓有人代为议婚，请严词拒绝。

弟之爱家庭，非常不圆满，惭愧之至。所望者弟虽对家中不能十分尽力，仍希望家中了解我之苦衷。弟既无意婚事，且在异域无乱为之处，何必期期为我找一头吃饭的货？

弟非轻视女子，母亲，姊，嫂均极敬重，证之事实，恐难否认。不过对自己婚事，则对任何女子尚未曾发过恋爱，因我之性情与女人（除去我亲爱的母亲，姊，嫂们）不相投。我主张潇洒无束，女人们讲有里有面；我愿多办社会上的事，妇女则喜办家内的事。我在国内，可有一回到家问米面多少钱一斤，煤油几个铜元一两否？就是有时母亲对我说，我听是愿意听，可是听完了就全忘了。我并不是不同意母亲所说的，只是我有我的事，要把煤油、米面的事多记住，而把我自己的事就都忘了，那还能整块的挣大钱吗？（仲董的话）

我临出国之时曾嘱咐您千万莫代我主张婚事，希望您实行我的话，不必听别人的！还是那句话，谁给我定婚，谁替我养着，我没有那份本事多挣钱。我一点怒气都没有，我只是明明白白地陈说个中的利害与我不结婚的理由。我不是说人们不应当结婚，不过我自己不愿结婚！我不敢说结婚一定有损无益，我只是从事实上想我不能结婚。我没有相当心目中的女子，因为我不交女朋友，怎能相爱呢？我见着女子躲还躲不及，还能赶着人家表示好意吗？我常走的地方是哪几处，您知道！我交往的朋友，您知道，您看得出半点痕迹没有？自然没有！？本来我丝毫没想到那个问题上头去，怎能有什么痕迹呢？我若是有什么相当的人，我也早告诉家中了，因为婚姻本是正大光明的事，我又是直嘴快心的人，有何不可说呢？我实在没有，我实不愿意结婚，我实在不能结婚，那么，我怎能愿意别人替我定一个媳妇呢。天下有不愿自己定婚而愿别人紧着张罗的吗？

设若家中没有这件事，那么，我告个罪，作为我无中生有，多说废话。若是真有这件事，赶快打退堂鼓，比什么都好。朋友们来说，不必觉得不好意思推辞；我相信要是真正好朋友也真不管我的婚事，因为他们是明白我的。

话说完了，专等回信。

敬祝

平安!

舍 予

二,九,二五

原载1941年3月8日《立言画刊》第128期。

注释：子祥，名舒庆瑞（1892-1962），作者的哥哥。仲董，即舒仲董，子祥的二儿子，此名是作者所取。

致胡适

一九二六年九月三十日

适之先生：

先介绍我自己：舒舍予，北京人。现在东方学院（School of Oriental Studies）教京话和中国文学。

我读过先生的著作，在教育部国语讲习会听过先生的讲演，可是先生不认识我。

我打算看你去，不知何时得暇?

我刚写成一部小说，想求先生给看一看。原因：

1. 我前者作了一个小说，寄给上海郑振铎。他已允代刊印，我又后悔了！因为，我匆匆写好，并没加修正，可是郑说，已经付印，无法退回。所以这次我想非请个人给我看一看不可。

2. 我的小说写得非常可笑，可是，是否由滑稽而入于“讨厌”，我自己不知道。这又是一个要请教的地方。

我的小说约有三百页，三四天便可看完，如先生不十分忙，我真希望能代我看一看！如先生太忙，我就不敢去了。

敬祝　平安

舒舍予 拜

1926年9月30日

我的通信处：C. C. Shu

31. St. James'S Square

Holland park

W. 11

原载耿云志主编《胡适遗稿及秘藏书信》第37册，黄山书社1994年版。

注释：胡适于1926年9月前后正在英国伦敦参加中英庚子赔款会议，老舍得知后，就近写此信给胡适。

信中提及的长篇小说是指《赵子曰》《老张的哲学》。《老张的哲学》从1926年7月号起在上海《小说月报》开始连载，单行本于1928年4月由上海商务印书馆出版发行。

致黎烈文

一九三二年十二月二十八日

烈文先生：

您向我要小品文；老实不客气讲，咱不会。请您往这边来，有句私话：我对大品中品文字都有拿手——底下那句似乎不必说。不信请问马大婶去，我是不是大品文字的文豪！不过，您一定非别扭我不可，我自有主意。您看，我只须由大品往下一溜，溜成中品，再由中品往下一溜，溜为小品，其庶几乎？但是，从中国文学史上看，大品文字真是麟毛凤角（出角的凤是种两栖动物，据说），在咱们的“国书”中——这应与国术国耻国学等并列，不是驻英或驻法公使拿着的那纸文书——还没见过一部或一篇大品诗或文。您也许相信这个？有此原因，我对小品文到底有些冷淡；您看，我是要给国书中添上几本大玩艺。我得取法乎上上，以得其上；得跑到无极的上边，以便生太极。太极拳是国术，太极文正好是国书。等我的杰作出世的时候，连萧伯纳带莎士比亚就都得入中国籍，学咱们的国学。因此，我还是不能往下溜；“鲤鱼打挺”是我的态度。大品文的大法，您可晓得？上帝造人，您可看过？我晓得，看见过。上帝说，叫世界有光，刷的一下，金光万道，十五个太阳，带着几万万万大小不等，一齐发笑的明星。叫世界有人，拍的一声，人山人海，人心人肺，人情人理，人命关天。您看，我的大品文的大法至无能也要与这个相似。您叫我写小品文，设若我少着一分幽默，非急了不可！

假如您以为这全不对，那么，您说到底什么是小品文！

祝

吉！

弟老舍　鞠躬

十二月二十八日　济南

原载1933年1月1日《申报·自由谈》。

注释：黎烈文（1904-1972），现代作家、文学翻译家、教授。当时主编《申报·自由谈》。本信发表时题为《老舍来信说》。

致赵景深

一九三三年四月

景深兄：

元帅发来紧急令：内无粮草外无兵！小将提枪上了马，《青年界》上走一程。呔！马来！

参见元帅。带来多少人马？两千来个字！还都是老弱残兵！后帐休息！得令！

正是：旌旗明日月，杀气满山头！

祝吉～

弟舍予躬

附臭文一

写于1933年，原载《给赵景深先生的一封信》，1946年3月15日《文艺春秋》第2卷第4期。

励友人书

一九三三年九月二日

××仁兄：

在咱们的社会里没有“大”事体。东北四省丢去谁曾落一个泪来？赤俄的五年计划还不是说说而已？你可能告诉我一件“大”事？高明而憧憬的你！不能：本来没大事，从哪里说起呢？自然，包了一把三翻是天大的事，可是和旁家打起来而终于没包，那么，说它作甚？昨天咱的肚子疼了一阵，恐怕是要生小孩，怎奈咱不是女性。是故天下原无大事，为人何不马马虎虎？天地者万物之逆旅；欠下旅馆费，虽秦二爷亦舍不得卖黄骠马也。大事化小，小事化无，是为上策。夫中华亦大国呀，失了四省，则较小矣，是谓大事化小，省去许多麻烦。全国亡了，不过小事化无而已，何足虑哉。生今之世，最宜不要脸：脸之全部有多大面积，就说和东三省比比吧？骑着脖子大便，任凭于他，到底是他的粪落在咱哥儿们的脖子上啊，大小总是个便宜。哀莫大于心死——胡说！心怎会死，设若身上各部活活泼泼？你若不抓弄俩钱，因而没有饭吃，没有女性一同就寝，身上怎能活活泼泼，眉眼怎能乱动？手足眉眼僵硬不动，心会活着？连这个都不懂，白活！狗本食肉之兽，不得已乃改而吃粪，意识不能决定生活状态，而生活状态实决定意识的形式：虽马克司复生，不易吾言哟！我们的字典上没有“耻”字。耻是抽象的，面包与女子是具体的。不信，你要为国难发愁而七日不食，耻则耻矣，可是你那个“象”即被阎王抽去，这是玩的吗？反之，你舒舒服服吃点喝点恋点，身胖因而心广，人说你是亡国奴，你正自肥头大耳朵，哪个更近于生命的真实？在生命上，小事是一切；大事根本没有一件。记住了这个，高明的你。以脸说吧，它是为有人说你的大衫不漂亮而红的；难道日本人打了南京几炮也值得红脸？南京又不是你的私产！自然你若在那儿有处小房便另一个说法了。就是别着急，瞎混着比什么也强。今天就和你谈到这儿吧。祝吉！

舍　九月二日

原载1933年9月15日《申报·自由谈》。

致李同愈

一九三五年八月十七日

按平时你叫我写文章，这是我愿意干的事儿，假若我有工夫。可是我真没工夫，怎办呢？再来一个，怎办呢？

你说："有人说，你一天能写两万字"，不可能的事！即使我真的下笔万言，而万言都是废话，至好我不过是个废人罢了，有何好处？说真的，我们所以写不出好东西，贪多也是原因之一。以我自己说，我每天至多写不过两千字，一星期里也就有三四天能顺顺当当的写到这个数儿。这么着，算起来每月可以写一万到三万字。可是，这两三万字，设若细细的看一下，哼！大概连一半像话的也没有！有时候，我随写随扯，因为写得太要不得了。幸而能成篇了，好不好？不敢再问。哈，各处都有了我的稿子，似乎我是个"红"人；我敢再读自己的作品吗？！虽然只是两三万字哪，一个月，不是一天，我已经觉得既对不起读者，又对不起自己！

可是，我还是得写；虽明知这不是办法。这就来到实际的问题了：第一是朋友们要稿子要的紧，不给谁也不好。比如我一月只写五千字，用三四天的工夫写完，而后便去慢慢的，详细的，修改。这五千字必定能像个样儿。可是我交给谁去发表呢？交给一位朋友，便得罪其余的朋友。我这并不是要把罪过都推在编辑者的身上，我是述说事实，而希望大家想个办法。作编辑的以能拉到稿子为本事，他是为别人作事，不能不这样。在作者明知把写五千字的力量用在五万字上必定失败，在编辑者也明知大家拉一个人写是不妥当的，可是大家都是朋友，被拉的不好意思不写，拉者不好意思只看别人拉。这样，好了，大家吃了亏，而读者最吃亏。大家应当想想办法，这不是玩的。

再说呢，即使我肯得罪朋友，少写而要精到，我在收入上可就吃了亏——还不仅是吃亏，简直不能维持生活！这算是第二方面。一篇稿子不定得几个大钱，可是不写便连几个大钱也玩完了。我没有财产，不能玩票；又没有喝西北风而能饱了肚子的本事。我得吃，我的母亲得吃，我的家小得吃，先不提别的。一月只写五千字，只进十五块大洋，我和家里的人都吃什么呢？稿费并不因为我那五千字写得好而增加呀。

有人可就说了哇，写好东西，抽版税，一卖卖廿万本，还不能足吃足喝吗？对，廿万本！谁的作品能在中国卖到廿万本呢？翻译过的世界名著能卖到多少本呢？《三侠五义》或者倒能卖这个数儿，我不能写《三侠五义》；我的作品已经够丢人的了！书既卖不动，而要五年写一本，这只有一个办法，写完了——或还没写完——去跳河吧。这个问题复杂了。在一开首，我说作者应该努力；说到这儿，作者几乎没法努力了。我知道我自己是饿着肚皮写不了字的。这不是作者个人能解决的了。我很知道：三年不动笔，专去读名著，和观察我所需要的人与事，而后用十年八年的工夫写一本东西，这多么好！好是好哇，这些年怎么活着呢？穷而后工，我知道；死而后工，工也没用了！文艺作品，无论如何大众化，大众若不识字，大众若买不起书，还是没用。这问题越说越远了，也就越不好解决。

呕，有人笑了，原来阁下写东西是为钱哪！为钱，为钱，就是为钱，因为我穷，我要是不为肚子，谁注意稿费，谁不是人！良心胜不过肚子去！

多要稿费呀。少要还欠债呢，敢多要？没看见书局今天开了明天关吗？我敢说，现今天字第一号的作家作出一本东西，钱货两清，要一千块钱，就不会卖出去，除非他自己是书局老板，而愿捣这个乱玩。

我太泄气了，是的，我泄气；我不愿把泄气的话藏起来，而只说好听的。作家的生活问题，大众购书能力与识字能力问题，编辑拉稿问题，书业与……问题，种种问题，都泄气，我没法不泄气，虽然我不是不懂得要强。我们为何没有伟大的作品？原因很多，可是这些泄气的地方似乎也是不可放过的。

对于作家生活问题，我还得说两句，以免误会。我不是说文人的生活应当怎样舒服，我是说文人在舒服的生活中也比别人要多花点钱。他得读书吧？书从哪儿来？我在大学里混了五六年了，我知道大学里的书怎样不够用；我所要看的书，十之七八得自己去买。书，特别是洋书，多么贵呢！读书而外，他得旅行吧，到处去观察吧？以我自己说，我没地方去弄免票，或半价票去，而且也不屑于去弄？我出门，我自己掏钱。这些必须花的钱从哪儿来呢？

先不必说这个吧，不买书，不旅行，给它个整天的瞎混；可是瞎混也不能缺乏衣食住行这四项花费不是？卫生总得讲吧？在日常生活上，文人与普通人所需要的一样，而多着一些特别的开销。这个困难不解决，而想叫马儿好，又叫马儿不吃草，据我看是办不到的。

我知道，有许多文人因为困苦而早死；死后，大家说他们可钦佩，为艺术而牺牲。可是，假如他们不那么困苦，而多活几年，成就岂不更大吗？饿死谁也是不应当的，为什么文人偏偏应当饿死呢?

作家们努力呀！作家的困难可也应当大家来帮助解决呀！

原载 1935 年 8 月 17 日南京《中央日报·文学》。

致梁实秋

一九四二年夏

实秋兄：

北碚别后，想已康复健饭；天暑，千万珍重！在碚，友众酒香，返乡顿觉寂苦——此间唯鼠跳蛙鸣，略有声有色耳！工作之余，以旧诗遣闷，已成数律。笔墨游戏，不计工拙，录呈乞政，或足当“清补”剂也。

祝

吉！

业雅先生祈代候！

弟启舍

久许文藻、冰心兄登山奉访，懒散至今，犹未践诺，诗以致歉：

中年喜到故人家，挥汗频频索好茶！
且共儿童争饼饵，暂忘兵火贵桑麻；
酒多即醉临窗卧，诗短偏邀逐句夸；
欲去还留伤小别，门前指点月钩斜！

端午大雨，组缃兄邀饮：

端午偏逢风雨狂，村童仍着旧衣裳。
相邀情重携蓑笠，敢为泥深恋草堂？
有客同心当骨肉，无钱买酒卖文章！
前年此会鱼三尺，不似今朝豆味香！

节日大雨，小江（组缃男孩）着新鞋来往，即跌泥中：

小江脚短泥三尺，初试新鞋来去忙；
迎客门前叱小犬，学农室内种高粱；
偷尝糖果佯观壁，偶发文思乱画墙！
可惜阶苔着雨滑，仰天蹶倒满身浆！

村居：

茅屋风来夏似秋，日长竹影引清幽。
山前林木层层隐，雨后溪沟处处流。
偶得新诗书细字，每赊村酒润闲愁；
中年喜静非全懒，坐待鹃声午夜收！

半老无官诚快事，文章为命酒为魂！
深情每祝花长好，浅醉唯知诗至尊。

送雨风来吟柳岸，借书人去掩柴门。
庄生蝴蝶原游戏，茅屋孤灯照梦痕！

中年：

中年无望返青春，且作江湖流浪人！
贫未亏心眉不锁，钱多买酒友相亲；
文惊俗子千铢贵，诗写闲情半日新；
若许太平鱼米贱，乾坤为宅竹为邻！

原载梁实秋《看云集·忆老舍》，1974年7月香港文艺书屋出版。

编后记

1966 年 8 月，老舍先生自沉于北京太平湖。

如今，时间已经过去了 50 年。50 年来，老舍的作品一直畅销不衰，影响了几代读者，他的文字和精神，依然印刻在人们心间。《骆驼祥子》《济南的冬天》是他最为脍炙人口的文学名篇，《茶馆》《四世同堂》亦堪称经典之作，《猫城记》《老张的哲学》也是读懂老舍灵魂的“钥匙”。

出生于 1899 年的老舍，自幼丧父，寡母抚孤，备尝人世冷暖，他敏感多情的心灵终于抒发出悲悯而幽默的语言文字。老舍笔下有着鲜明的民间情怀和现代意识，时至今天，我们不该忽视和更应关注的是老舍对国民性的文化批判与反思。老舍的语言幽默、活泼、平易、生动，但那蕴涵更多的是“含泪的微笑”，是笑声背后的普世悲悯与人文关怀，如他所谓“我要笑骂，而又不赶尽杀绝”“一半恨一半笑的去看世界”。

老舍一生深爱着他的北京城，也念想着曾经的居住之地和如烟往事。特别是在山东时期（1930.7–1937.11），老舍生活安宁，娶妻成家，生儿育女，创作丰收，可称他一生中最温暖、最美好的时光。从 1930 年 7 月到 1934 年 9 月，老舍在济南住了四载，他说“时短情长，济南就成了我的第二故乡”。他对济南的冬天和秋天的诸多溢美之词，可映射出他当年愉悦的心境和舒畅的生活状态。

纵观老舍的一生，其性格与命运可谓一代知识分子心路历程的缩影。他“国家至上”的情怀和看似随和而又刚强的性格，一定程度上促成了他的文学大作和文化人格，但也使得他跟着形势、不甘落后，以至争先恐后，陷入漩涡。他生前发表的最后一篇作品是快板《陈各庄上养猪多》。这就是“人民艺术家”的最后之作。老舍先生的墓碑下刻着太平湖的波轮，碑上刻着“文艺界尽责的小卒，睡在这里”。他的自觉和自绝，终是一个时代的悲剧。

在其生前身后，老舍著作历经诸多整理、修饰和删改。时间已然过去半个世纪，我们期待着尽可能地还原版本的真实、历史的真实。编者依据有关文献，做了一些版本的勘正和汇校，以期通过这册小书呈现出老舍某个侧面的本真状态。

感谢我的恩师、著名老舍研究专家张桂兴先生的关心和指教。“民国文学名家精选集”丛书得以出版，在此感谢齐鲁书社陈修亮先生、许允龙先生的鼎力支持。感谢责任编辑的认真审校。感谢诸位编者付出的辛劳。限于水平和时间，本丛书或有缺憾之处，谨请读者指正。

编者　王　任

2016 年冬记于旧闻斋

图书在版编目（CIP）数据

老舍精选集 / 老舍著；王任主编．—济南：齐鲁书社，2017.2

（民国文学名家精选集）

ISBN 978-7-5333-3742-1

Ⅰ．①老… Ⅱ．①老… ②王… Ⅲ．①中国文学-现代文学-作品综合集 Ⅳ．①I216.2

中国版本图书馆CIP数据核字（2017）第028536号

老舍精选集

老舍 著　王任 主编　本册编者 王任

主管单位	山东出版传媒股份有限公司
出版发行	齐鲁书社
社　　址	济南市英雄山路189号
邮　　编	250002
网　　址	www.qlss.com.cn
电子邮箱	qilupress@126.com
营销中心	（0531）82098521　82098519
印　　刷	山东临沂新华印刷物流集团有限责任公司
开　　本	787mm×1092mm　1/32
印　　张	8.5
插　　页	4
字　　数	143千
版　　次	2017年2月第1版
印　　次	2017年2月第1次印刷
印　　数	1-5000
标准书号	ISBN 978-7-5333-3742-1
定　　价	**28.00元**